KB017459

초록을 입고

초록을 입고

오은의 5월

ㄴㄴ〉〈ㄷㄴ

차례

작
가
의
말

하루에 한 번 시를 생각하는 마음

책에 들어갈 원고를 묶으면서 가장 마지막에 쓰게 되는 글이 바로 '작가의 말'입니다. 자신이 쓴 책을 돌아다보며 자주 얼굴이 벌게지고 아주 가끔 흐뭇해지기도 합니다. 어떤 경우든 얼굴은 홍조를 띠고 있습니다.

어느 날은 짧게 어느 날은 길게, 그러나 매일매일.

원고를 쓰기 시작하던 첫날, 저는 탁상달력을 5월로 넘기고 저 문장을 적어두었습니다. 아직 한겨울인데, 이제 겨우 봄이 시작됐는데, 개나리가 막 피어났는데 저는 5월을 미리 살고 있었습니다. 이미 5월을 마흔 번 남짓 살아봤기에 다행이었습니다.

하루에 한 번 시를 생각하는 마음.

뭔가 허전해서 아래에 또 적었습니다. 하루에도 몇 번씩 탁상달력을 보았습니다. 문장이란 게 참 무섭습니다. 그저 적어두었을 뿐인데, 맹세라도 한 것처럼 저는 자주 시를 생각하고 기념일을 떠올리고 5월의 봄기운에 선뜻 사로잡혔습니다.

책을 쓰면서 전채前菜, 주요리, 후식을 떠올렸습니다. 하루를 시작하는 속표지가 전채, 그날의 글이 주요리, '오발단'(오늘 발견한 단어)이 후식이 되었으면 했습니다. 전채와 주요리와 후식이 잘 어울렸으면 좋겠다고 생각했습니다. 5월에 유독 많은 기념일이 글에 다가가는 힌트가 되어주기도 했습니다. 어디에 있든 "오늘 하루 잘 살았다!"라고 스스로 말할 수 있기를 바랐습니다. "이는 한 달의 첫날부터 마지막날까지를 슬쩍 건너다보고 슬금슬금 건너가는 일이기도 했습니다." 열흘에 한 번꼴로 '적바림'을 적기도 했습니다. 기억에서 히읗까지 산책하는 일이 소화消化에 도움이 되었으면 싶었습니다.

'오월 농부 팔월 신선'이라는 속담이 있습니다. "여름내 농사지으면 팔월에 편한 신세가 된다"라는 뜻입니다. 그러나 저는 알고 있습니다. 5월의 성실한 농부는 8월에도 쉬지 않을 겁니다. 5월에는 5월의 일이 있고 8월에는 8월의 일이 있으니까요. 오월 농부는 삼 개월 뒤에 팔월 농부가 될 것입니다.

이제 초록을 입고 나섭시다. 은혜 입은 듯 성큼성큼 울창해집시다. 하루에 한 번 시를 생각하며 흔흔히 힘입읍시다.

에세이

'쓰다'와 연결될 수 있는 단어를 떠오르는 대로 써본다. 글, 시간, 돈, 모자, 약, 억지, 신경, 힘…… 어떤 것을 쓰더라도 마음 쓰는 일을 거치지 않을 수는 없다.

모든 쓰기는 결국 마음 쓰기다

5월의 첫날, 오늘은 노동절이다. '근로자의 날'보다는 '노동절'이라는 말이 좋다. 근로는 "부지런히 일함"이란 뜻이다. 그냥 일하는 것이 아니다. 부지런히 일해야 하는 것이다. 성인이 되어 "일찍 일어나는 새가 벌레를 잡는다"라는 말을 들었을 때, '벌레는 늦게 일어나야겠네!'라고 생각했던 나다. 근로에 담겨 있는 부지런함이 사용자의 강요 같아서 어느 순간 거리감이 생겨버린 것이다. 부지런함의 미덕을 저평가하는 것은 아니다. 그러나 매 순간 부지런해야 한다는 노동자의 강박은 필연적으로 삶의 여유를 앗아갈 수밖에 없다.

글쓰기 노동자로 산 지 오래됐지만, 어떤 이는 아직도 '쓰는 노동'에 대한 편견을 갖고 있는 듯하다. 몸을 써야 노동이라고 생각하는 것이다. 실제로 사전상의 노동은 "몸을 움직여 일을 함"이란 뜻이다. 가만히 앉아서 글을 쓰는 모습은 얼핏 노동과 거리가 있는 듯 보인다. 그러나 몸이 움직이지 않아도 머리는 얼마나 바삐 움직이고 있는지 모른다. 뾰족하게 말하면 머리도 몸의 한 부분이고, 머릿속이라고 일컬어지는 뇌는 우리 몸의 사령탑이다. 한바탕 글을 쓰고 난 뒤 어김없이 허기지는 이유도 이 때문일 것이다. 글을 쓰는 일은, 머리를 쓰는 일이다.

내처 한자리에 앉아 시를 쓴 적이 있다. 장장 세 시간 반 동안 엉덩이를 떼지 않았다. 크게 움직이지 않았으니 이를 노동이 아니라고 할 수 있을까? 100킬로바이트가 채 되지 않는 문서의 크기가 노동의 양과 질을 낮잡는 기준이 될 수 있을까? 누군가가 보기에 이 결과물은 성과처럼 보이지 않을지도 모른다. 맑은 눈으로 다시 볼 때 형편없는 시일 수도 있고, 어쩌면 몇 차례 대대적인 수정을 거쳐야 할지도 모른다. 무엇보다 아직 책으로 묶여 나오지도 않은 상태다. 파일 형태로 USB에 담겨 있는 것이니까. 아직은 나만 알고 있는 것이니까. 그때마다 보이지 않는 노동에 대해 생각한다. 노동 전후의 변화가 분명한 일도 있으나 일의 성과를 자기 자신만 알아차릴 수 있는 때도 있다. 글쓰기 작업이 지난持難하고 지난至難한 이유가 바로 여기에 있다. 일을 질질 끌며 미루는 일이 많으니 지극히 어려워지는 것이다.

이제 일어나서 정말 몸을 움직여야겠다. 동네를 산책하는 일은 글쓰기 앞뒤에 있는 루틴이기도 하다. 산책도 내게는 노동에 준하는 일이다. 걷고 발견하고 사색해야 하므로. 이따금 길을 잃기라도 하면 평소 보이지 않던 것이 눈앞에 나타나므로. 그것이 또다른 쓰기로 연결될 것이다. 내친김에 일 년 가까이 연락하지 못한 친구에게 전화도 해야겠다. 잘 살아 있느냐고 묻는 대신 그동안 어떻게 지냈느냐고 물어야지. '지금'을 찌르는 대신, '지금까지'를 어루만져야지. 이는 마음을 쓰는 일일 것이다.

모든 쓰기는 결국 마음 쓰기다.

오늘 발견한 단어는 '봄물'이다. 봄물의 첫번째 뜻은 "봄이 되어 얼음이나 눈이 녹아 흐르는 물"이다. 봄물에 발을 담그면 얼어붙은 정신이 퍼뜩 깨어날 것이다. 봄물의 두번째 뜻은 "봄철에 지는 장마"다. 봄물이 져야 마침내 봄가뭄(봄철에 드는 가뭄)이 해소될 것이다. 봄물의 세번째 뜻은 "봄의 싱싱한 기운을 비유적으로 이르는 말"이다. 봄물이 오른 나무를 볼 때면 진작 닫혀버린 성장판이 다시금 열리는 것 같은 기분이 든다. 주위의 눈치를 보지 않고 제자리에서 폴짝 뛰어오르고 싶어진다. 어떤 뜻으로 사용하든 봄물이 새 길을 열어준다는 점만은 틀림없다. 5월은 봄물이 봇물 터지는 달이다.

5

월

2

일

시

누군가 5월을 미리 사는 일에 관해 물었다. "시간이 참 빨리 가요." 그가 웃었다. "12월을 쓰는 게 아니어서 다행이네요." 한 살 먹은 지 얼마 되지 않았는데, 한 살을 금세 또 먹는다고 생각하니 아찔했다. 이 자리를 빌려 말씀드립니다. 큰 도움이 되었습니다.

5월의 시

5월이 아니니까
5월의 시를 쓴다
아직껏 오지 않았으니까
진작에 가버렸으니까

애착의 한복판에 서 있는 연인은
사랑의 밀도를 헤아리지 못한다

5월이 아니어서
5월의 시를 쓴다
멀리서 볼 수 있으니까
한발 앞서거나
서너 걸음 뒤처져서

현장을 상상할 수 있으니까

아직 사랑인지 몰랐을 때
5월은 우거지고
오직 사랑임을 깨달았을 때
5월은 본격적으로 지기 시작한다

꿈에 지고
아집에 지고
심리 싸움에 지고
어김없이 해가 진다
기약 없이 꽃이 진다

때는 지지 않는다

5월의 기념일들에
구멍이 숭숭 난다

5월이 아니므로

철봉에 매달리듯

5월을 붙잡고 늘어진다

철봉은 그대로 있는데

손아귀에 자꾸 힘이 들어간다

내려다보니

5월의 바닥이 아득하다

오·발·단 : **군것지다**

오늘 발견한 단어는 '군것지다'다. 시 속에서 지는 일
을 너무 많이 했더니 후유증이 길어졌나. 접미사 '지
다'로 끝나는 단어들을 헤아리기 시작했다. 값지다, 멋
지다, 건방지다, 기름지다, 덩굴지다, 그늘지다, 눈물지
다, 주름지다…… 인생의 희로애락이 '지다' 안에 다 들
어 있는 느낌이다. 그러다가 문득 '군것지다'와 마주쳤
다. '군것질의 군것일까'라는 짐작이 맞긴 맞았다. 보통
우리는 군것을 "끼니 외에 먹는 간단한 음식"으로 알고
있지만, 이는 군것의 두번째 뜻이다. 군것의 첫번째 뜻

은 "없어도 좋을 쓸데없는 것"이다. 여기서 파생된 '군 것지다'는 "없어도 좋을 게 쓸데없이 있어서 거추장스럽다"라는 뜻이다. 군것진 것에는 뭐가 있을까. 곧바로 미련이나 뒤끝, 혐오나 과욕 같은 게 떠오른다. 그러나 군것질 없는 삶은 상상하기도 싫다. 없어도 좋을 쓸데없는 것 덕분에 가없는 시간은 채워지기도 한다. 바스락바스락, 와그작와그작, 쪽쪽, 냠냠 등의 부사 친구들과 함께.

5
월
3
일

에세이

달의 초입에 내가 가장 많이 쓰는 말은 '벌써'다. "벌써 5월이야?" "벌써 3일이라
고?" 벌써부터 알고 있었으면서, 마치 벌써 그렇게 되었다는 듯 '짐짓'과 '흠칫'
사이에서 놀라는 것이다. 부사 친구들 덕분에 오늘도 즐겁다.

부사의 운명

출근 시간대에 버스를 탔더니 만원이다. 손잡이를 쥔 손에 힘이 잔뜩 들어갔다. '잔뜩'이라는 단어를 떠올리니 반사적으로 안간힘이 느껴졌다. 더할 수 없을 만큼 가득찬 느낌, 한도까지 끌어올리는 기운 말이다. 잔뜩 밀린 일, 잔뜩 화난 얼굴, 잔뜩 짊어진 짐 같은 것이 떠올라 도리질을 쳤다. 된소리가 있어서인지 발음할 때부터 잔뜩 힘이 들어가게 되는 단어다. 버스에서 내릴 때 어느새 나는 부사의 운명에 대해 생각하고 있었다.

약속 장소에 도착해서 조심스럽게 문을 열었다. 문이 열리자마자 누군가 어깨를 툭 밀치고 지나간다. 뒤도 돌아보지 않고 성큼성큼 앞으로 걸어간다. 귀에 이어폰을 꽂고 있는 것을 보니 불러 세워도 대답이 없을 것 같다. 그 사람이 멈추었다면 나는 분명 툭 쏘아붙였을 것이다. 묵은 감정이 툭 터지기라도 하듯, 공격적인 말들이 사정없이 쏟아졌을 지도 모른다. '툭'과 '툭'이 만나 오래된 기타줄처럼 툭툭 끊 어지고 말았을 것이다.

자리를 잡고 차를 주문했다. 앞에 놓인 테이블에 홈이 패 어 있었다. 움푹 팬 것을 보면 어루만지고 싶어진다. 대체 무엇에 쓸린 것일까, 아니면 누가 일부러 파낸 것일까. 눈에 보이지 않는 자국의 사연은 또 얼마나 기구할까. '움푹'이라 는 부사는 왜 패고 꺼지고 들어가는 동사와 만날까. 왜 발음 하는 순간 번번이 슬퍼지고 말까. 거울을 보니 두 눈이 떼꾼 했다. 움푹 들어간 눈을 보니 어젯밤 잠을 설쳤다는 사실이 떠올랐다. 몸은 좀체 거짓말을 하지 않는다.

업무 때문에 만난 분은 친절했다. 해야 할 말만 정확히 전 달하며 상대와 거리감을 조절할 줄 아는 사람이었다. 스스 로에게 엄격한 사람인 게 분명했다. "신경쓰실 일이 많지 요?"라고 물었더니 웃으며 이렇게 대답하신다. "그 바람에 몇 년 사이 폭삭 늙어버렸지요." 나는 '폭삭'이라는 부사에 마음이 내려앉고 말았다. 가라앉고 부서지고 기력이 쇠하는 부사, 폭삭. 폭삭 망할 수는 있어도 폭삭 흥할 수는 없다. 폭삭은 아래를 향한 단어다.

"오늘 참 좋았습니다." 상대가 마지막 인사를 건넬 때, 마음이 조금 움직였다. 어릴 적에는 '참'이라는 부사를 참 많이 썼었다. 일기의 마지막 문장에 으레 '참'이라는 부사가 등장하곤 했다. 참 즐거웠다, 참 재밌었다, 참 맛있었다, 참 행복했다…… 무의식중에 일종의 '참 효과'를 노렸던 게 아닐까. 이 일기에 쓰인 내용이 진짜 있었던 일이라고 선생님이 믿어주기를 바라는 마음 말이다. "저도 참 좋았어요." 참에는 참으로 응대해야 한다. 진심은 그렇게만 통할 수 있다고 믿는다. 참과 참이 만나면 "일을 하다가 이따금 쉬는 시간"을 뜻하는 '참참'이 된다. 일로 만났지만 일로만 채워지지 않은 시간이 참 좋다.

온종일 만난 부사들 덕에 생각이 많아지는 하루였다. 매일 사용하지만, 같은 이유로 별생각이 들지 않는 게 바로 부사다. 뜻을 분명하게 하는 데 기여하지만, 없어도 문장을 해석하는 데 큰 지장을 주지 않는 품사다. 삶을 이끄는 것은 동사임이 틀림없지만, 삶의 곳곳에서 생기를 불어넣어주는 것은 부사 같다. "나는 네가 좋아"보다 "나는 네가 정말 좋아"라는 말이 더욱 강력한 것처럼 말이다. 단어는 뜻이 정해져 있고, 정해진 바대로 묵묵히 자신의 소용을 다한다. '난데없이'는 예상하지 못한 상황을 데려오고 '어칠비칠'은 쓰러질 듯 비틀거리며 앞으로 나아간다. '가지런히'는 쓰는 순간 나란해지고 '반드시'는 발음하면서 결심이 더욱 단단해진다.

일상에서의 쓰임 때문에 운명이 달라진 경우도 있다. '너무'라는 부사가 그렇다. 이 단어는 본디 "정한 정도나 한계에 지나치게"라는 뜻이었다. 언뜻 느끼기에도 부정적 의미가 가득 담긴 풀이다. 그러나 사람들은 "너무 좋다" "너무 맛있다"처럼 긍정의 상황에서도 '너무'를 사용한다. 2015년 이사분기에 '너무'는 "일정한 정도나 한계를 훨씬 넘어선 상태로"로 뜻의 외연이 넓어졌다. "너무 예쁘다"와 "너무 싫다"를 모두 쓸 수 있게 된 것이다. "너무 추운데 너무 행복해"처럼 한 문장에 '너무'를 두 번 사용하는 것도 가능하다.

생의 마지막에 만날 부사가 '결국'이 아닌 '마침내'이기를 바란다. '결국'은 닥치는 것이지만, '마침내'는 달성하는 것이기 때문이다.

───────(오·발·단 : 어찌씨)───────

오늘 발견한 단어는 '어찌씨'다. 어찌씨는 부사를 달리 이르는 말이다. 발음할 때 이미 의미가 한가득 느껴져 쓸 때마다 왠지 흐뭇하다. 명사는 '이름씨'라고 하고 대명사는 '대이름씨', 수사는 '셈씨'라고 부른다. 동작이나 작용을 일컫는 동사는 '움직씨'라 일컫고 성질이나 상태를 나타내는 형용사는 '그림씨'라 불린다. 관형사가 '매김씨'로 자리매김할 때 감탄사는 '느낌씨'로 흐느낀다. 퇴고할 때 마지막까지 고심하게 하는 조사는 '토씨'라고 부른다. "토씨 하나 빠뜨리지 않고 기억하고 있다"의 바로 그 토씨가 맞다. 아홉 개의 씨를 모았으니 이제 심을 일만 남았다. 씨를 심는다고 해서 모두가 다 싹트는 것은 아니다. 알아서 자라 열매를 맺는 씨도 없다. 아, 어렵고도 정직한 글 농사여.

에세이

어린이날은 비눗방울의 날. 사방에서 비눗방울이 터지는 날. 비눗방울이 터질 때 어린이의 웃음도 봇물 터지듯 터진다. 말문이 트인 어린이의 오종종한 입에서 온갖 시어가 흘러나오는 날이기도 하니, 어린이날 전날에는 대야 한가득 비눗물을 만들어야 한다. 시의 열매들이 방울방울 맺힐 수 있도록.

시로 가는 길

어느 날 우리는 동시에 어떤 장소를 떠올리기로 했다. 내가 가장 먼저 떠올린 것은 바다였다. "왜 하필 바다야?" 네가 물었다. "막막하잖아." "너는 상황을 좋지 않은 쪽으로 끌고 가는 능력이 있어." 네가 웃었다. 나는 웃지 않았다. 실제로 막막했으니까. "바다에 가면 숨구멍이 트이고 좋잖아. 바다가 왜 막막해?" "이정표가 없잖아. 어디로 가야 할지 모르겠어." 너는 아무데로나 마음 내키는 대로 가면 되지 않느냐고 말했다. 틀린 말은 아니다. 모르는 것도 아니다. 그런데 정확히 그 이유로 막막하다.

글을 쓰기 위해 백지를 마주하는 순간도 이와 다르지 않다. 나는 뭍에 있지만 번번이 바다에 와 있는 것 같다. 커서는 부표처럼 껌벅인다. 무엇이든 쓸 수 있다는 가능성과 어떤 것도 쓸 수 없다는 불가능성이 백지 위에, 바다 아래에 있다. "바다 건너편이 궁금하지 않아?" 네가 물었다. 나는 아무 말도 하지 못했다. 내게 바다는 건너갈 수 있는 것이 아니었다. 단순히 수영을 못해서가 아니다. 바다 건너편까지 헤엄칠 수 있는 체력이 없어서만도 아니다. 나는 바다 앞에 서면 늘 압도당하곤 했다. 바다에 순순히, 선선히 장악당했다.

바다를 그저 물끄러미 바라보는 사람이 있고 그것을 어떻게든 정복하고자 하는 사람도 있다. 바다 저편에 당도하기 위해 배에 오르는 사람이 있고 거기에 무엇이 있을지 가만히 상상하는 사람도 있다. 바닷속에 사는 존재를 두 눈으로 확인하기 위해 용감하게 뛰어드는 사람이 있고 그곳을 미지의 영역으로 남겨두는 사람도 있다. 바다는 말없이 흐른다. 사람의 마음이 욕망으로 변할 때도, 그 욕망이 바다 이곳저곳을 가차없이 헤집을 때도, 바다는 제 할일을 한다. 뭍 가까이 밀려왔다가 미련 없이 떠나간다. 어떤 상황에도 휘둘리지 않고 흐르는 일, 바다는 그것을 한다.

백지를 마주하고 있을 때 나는 바다 앞에 선 사람이 된다. 심장이 뛴다. 설레서, 불안해서, 어떤 표정을 지어야 할지 도무지 가늠할 수 없어서. 훤히 들여다보이는 것은 삶에 안온감을 가져다준다. 빤한 것은 곧 당연한 것이 되고 삶에는 일종의 무늬가 만들어진다. 이 길을 쭉 따라가면 학교나 식당에 갈 수 있다는 사실, 저 골목을 돌면 우뚝 선 느티나무를 만날 수 있다는 사실, 이 길과 저 길은 교차로에서 마침내 만나게 된다는 사실 등 이미 알고 있는 것들은 삶의 버팀목이 되어준다. 나의 처지와 상관없이 늘 거기에 그대로 있다는 이유만으로. 바다는 다르다. 길이 보이지 않는다. 백지 앞에서 나는 자꾸 길을 잃는다. 픽픽 고꾸라진다.

길을 건넌다는 것, 담을 넘는다는 것, 이야기를 거슬러올라간다는 것. 이는 아득바득 백지와 친해진 다음, 어느 순간 단호하게 멀어지겠다고 다짐하는 일이다. 몸을 써서 움직이든 머리를 굴려 움직이든 최초의 장면을, 맨 처음의 단어를 만나는 일이기도 하다. 이름 모를 바닷새가 바다 표면을 딛고 다시 날아오르는 장면처럼, 그 바람에 바닷자락에 햇살이 부딪혀 만들어진 '윤슬'이라는 단어처럼. 바다 앞에서

바다 건너편을, 바다 너머의 세계를 상상할 때 바다는 가장
막막하다. 그곳은 한 번도 가보지 않은 세계이므로, 동시에
제멋대로 그려볼 수 있는 세계이므로.

　나는 지금 바다를 건너고 있다. 홍해를 가르고 그 사이로
새로 난 길을 사뿐사뿐 걷는 것은 아니다. 배를 타고 이동하
며 유유히 바다 이편저편을 살피는 것도 아니다. 바다 위에
수놓인 보이지 않는 발자국을 가만가만 눈으로 좇아가는
것이다. 어디로 가야 할지 알 수 없어서 이 길에 접어들었다
가 별수 없이 저 길로 발길을 돌린다. 길은 어디에나 있고
어디로든 연결된다. 사방이 길이어서 길이 보이지 않는다.
별바다와 구름바다를 지나고 눈물바다와 웃음바다를 징검
돌 삼아 마침내 먼바다에 다다른다. 뒤돌아 앞바다를 바라
보면 막막함은 어느새 먹먹함이 되어 있다.

　"아직도 바다를 생각해?" 네가 묻는다. "응. 이따금 쓰지
만, 항상 쓴다고 생각하는 것처럼. 항상 살지만, 이따금 살
아 있다고 느끼는 것처럼." 모르는 길에 들어서는 일, 겁과
호기심을 양손에 각각 쥐고 한발 한발 조심스레 내딛는 일,

백지 위에 비뚤배뚤한 나만의 별자리를 만드는 일, 흙 위에 서서 바다를 생각하는 일, 나는 이것을 한다. 이렇게 나는 일평생 나에게 가까워질 것이다. 더 막막해질 수 없을 때까지.

시로 가는 길은 막막하다. 운이 좋으면 그 길 어딘가에서 최초의 장면을, 맨 처음의 단어를 만날 수 있다. 나는 이 마주침의 순간을 결절結節 혹은 분기점이라고 부른다. 이제 첫 문장이 쓰일 차례. 때마침 내일은 어린이날이다. 비눗방울의 날, 바다 거품의 날, 터져도 휩쓸려도 기어이 다시 부풀어오르는 날이다.

───(오·발·단 : **바다흙**)───

오늘 발견한 단어는 '바다흙'이다. 바다흙은 "풍화한 바위의 작은 덩어리가 바닷물에 의하여 운반되고 걸러지고 쌓여 이루어진 토양"을 의미한다. 짧은 문장 안에 많은 동사와 아주 긴 시간이 담겨 있다. 허허바다에서 뭍에 이르기까지, 풍화되고 운반되고 걸러지고 쌓이고 비로소 이루어지기까지 흙은 얼마나 무서웠을까. 다른 흙과 헤어지지 않으려고 제 온몸을 스스럼없이 얽어맸을 흙을 떠올린다. 흙 한 점이 흙 한 줌이 되기까지 얼마나 강한 인력이 작용해야 했을까. 거대한 마침표가 되어 뭍으로 온 흙 한 점을 생각하면, 구두점 하나도 허투루 쓰면 안 될 것 같다.

5

월

5

일

동시

어린이는 자라 어른이 된다. 입하(立夏)가 신록을 재촉하듯 자연스러운 일이다. 어른이 어린이가 되는 일은 불가능하다. 이미 자란 몸을, 벌써 부푼 마음을 줄이고 쪼그라뜨리는 일은 부자연스러운 일이다. 그러나 그때를 소환하기 위해서는 이 부자연스러운 일이 반드시 선행되어야 한다. 세월을 거슬러올라가는 일은 어쩔 수 없이 관성을 거스르는 과정을 동반한다. 동시 쓰기가 어려운 것도 우리가 이미 그때에서 많이 멀어졌기 때문일 것이다. 더불어 우리가 매일 조금씩 늙고 있기 때문일 것이다.

엄마 맛

내일은 소풍
콧노래를 부르며 집에 왔더니

엄마가 아파요
몸살이래요

엄마가 걱정되어
물수건을 짜서
이마 위에 올려줬어요

우리 아들 다 컸네
엄마 말에 힘이 하나도 없었어요

엄마가 나아야 하는데
눈을 감아도
잠이 오지 않았어요

내일은 소풍인데
김밥은 어떡하죠?
엄마가 아파서
눈물이 빙
소풍이 걱정돼서
눈물이 뺑
김밥을 먹고 싶어서
눈물이 핑

김밥 한 줄
눈물 두 줄
합치면 석 줄

아빠가 걱정 말라며
내 어깨를 토닥여줬어요

아침에 눈을 떴더니
김밥이 있었어요!
눈을 몇 번이나 비볐는데도
비빔밥이 아니라
정말 김밥이었어요

다녀오겠습니다!
소풍 가는 발걸음이 가벼웠어요

점심시간,
친구들과 둘러앉아 도시락을 열었어요
입을 크게 벌려 김밥을 넣는 순간,
목이 턱 막혔어요

엄마 김밥이 아니었어요
엄마 맛이 아니었어요

소풍날인데

김밥 속 재료처럼 다들 옹기종기 즐거운데

비죽 삐져나온 시금치처럼

밥을 너무 많이 넣은 김밥 옆구리처럼

나도 모르게

울음보가 터져버렸어요

─────(오.발.단 : **울음기**)─────

오늘 발견한 단어는 '울음기'다. 울음기의 '기'는 기운을

뜻하는 기氣다. "울다가 아직 가시지 않은 울음의 흔적

또는 울음의 기색"을 울음기라고 하는데, 이는 자연히

"웃다가 아직 가시지 아니한 웃음의 흔적 또는 웃으려

는 기색"을 뜻하는 '웃음기'란 단어를 소환한다. 울음기

는 남고 섞이고 말이나 표정에 어떻게든 배어든다. 웃

음기는 완벽히 감추기 어려운 것, 자기도 모르게 입가

에 번지는 것이다. 웃음기를 띤 사람 앞에서는 그것을

커다란 웃음으로 만들고 싶어진다. 울음기가 가시지

않은 사람 앞에서도 그것을 작은 웃음으로라도 만들고

싶어진다. 그러나 웃음기를 함박웃음으로 만드는 일보
다 울음기에서 헛웃음을 길어올리는 일이 더 어렵다.
울음보는 참다못해 터지는 것이기 때문이다.

5
월
6
일

에세이

기념일의 다음날, 흥분이 가시지 않아 들떠 있는 사람도 있지만 반대로 기분이
축 처지는 사람도 있다. 축 처진 기분은 이따금 차분함과 냉정함으로 이어지기
도 한다. 이때 오히려 뭔가를 쓸 수 있겠다는 생각이 든다. 법석이거나 두근거
릴 때는 정작 내면의 아우성이 들리지 않는다.

영감은 없어요

시를 쓴다고 말할 때마다 긴장된 적이 있었다. 상대의 눈동자가 떨리는 것을 보았을 때, 때때로 그 눈동자가 초점을 잃고 말았을 때, 나는 물색없는 말을 한 사람처럼 어색해졌다. 대체 시를, 시인을 어떻게 생각하기에 놀라지? "지금도 시쓰는 사람이 있는 줄 몰랐어요"라는 말도 들어봤다. 학창 시절, 내가 배웠던 시들은 이미 타계한 시인들이 쓴 것이 대부분이었다. 그때 나도 막연히 생각했었다. '요즘 사람들은 시를 안 쓰는 모양이다.'

어느 정도 경험치가 쌓여서일까. 이제는 시인이라고 소개한 후 상대의 반응을 기대한다. "아, 그래요?" "시를 쓰신다고요? 제가 아는 그 시?" 같은 반응은 나의 볼을 붉히지 못한다. "저도 가끔 시써요. 흔들릴 때나 멈칫할 때." "제 친구도 요새 시쓰기에 열심이에요. 수업도 듣는다고 해요" 같은 답변을 더 자주 듣는다. 그러면 나는 맞장구치며 "시는 확실히 돌부리 같은 데가 있지요. 아무 생각 없이 걷던 우리를 걸리게 하니까요." "뭐든 하면 는다고 하잖아요? 많이 쓰는 것만큼 확실한 것은 없어요"라고 대꾸한다.

그러다 혹 들어오는 질문은 내 입을 즉각적으로 다물린다. "근데 언제 영감을 받아요?" 혹은 "근데 어딜 가야 영감을 받을 수 있어요?" '근데' 다음에 떨어지는 질문 앞에서 나는 움츠러든다. '근데'가 '그런데'의 준말인 것처럼 쪼그라들고 만다. 그들의 질문은 아마도 영감靈感의 두번째 뜻을 가리키는 것일 테다. "창조적인 일의 계기가 되는 기발한 착상이나 자극" 말이다. 착상着想은 말 그대로 '생각이 붙는' 것이고 자극은 '받는' 것이지만, 이는 가만있다고 해서 난데없이 들이치는 것은 아니다. "영감은 없어요. 찾으러 가야지요." 내 말에 질문자들의 눈이 똥그래진다. '대체 어디로?'라고 묻는 표정이다.

은희경의 소설집『장미의 이름은 장미』(문학동네, 2022)

에는 뉴욕을 배경으로 한 네 편의 소설이 담겨 있다. 뉴욕으로 떠나는 이들은 하나같이 기대하고 있다. 미국 최대의 도시에서 영감을 받고 돌아오리라는 바람으로 한껏 부풀어 있다. 그러나 그곳에서 만난 이들은 호락호락하지 않다. 한국이라면 별 무리 없이 해결했을 상황은 갑작스러운 난관으로 다가온다. 국경을 넘은 인물들은 자유의 주체처럼 보이지만 속을 들여다보면 이미 편견의 대상이 되어 있다. 믿었던 친구는 자기 위주의 삶을 포기할 생각이 없다. 스스럼없이 먼저 다가온 사람은 어느 순간 나를 배려하지 않는다. 도무지 영감이 깃들 구석이 보이지 않는다.

소설집을 읽으면서 이 미묘한 불쾌함이야말로, 아니 이 미묘한 불쾌함 또한 영감이라는 데 생각이 미쳤다. 탁 트인 시야, 초고층 빌딩, 맨해튼의 야경, 풍성한 볼거리와 먹을거리에서 영감이 찾아올 수도 있을 것이다. 하지만 여기에는 그것들을 수동적이고 기계적으로 받아들이는 자신이 있을 뿐이다. 이를 가리켜 '수동적 적극성'이라고 불러도 좋을 것이다. 눈앞에 근사한 답이 가득한 상황에서는 굳이 질문을 던질 필요가 없다. 오히려 어떤 일이 생각대로 풀리지 않을 때, 살면서 쌓아왔던 믿음에 균열이 생길 때, 사람들은 드디어 다르게 보기를 감행한다. 다르게 생각하기를 실천한다.

영감은 찾아오는 게 아니다. 그보다는 먼저 영감에 찾아가는 심신을 만들어야 한다. 일이 잘 안 풀릴 때 커피를 한잔 마시러 외출하는 것도, 기지개를 켜며 창밖을 내다보는 것도, 다음 계절에 여행할 곳의 항공권을 알아보는 것도 어찌 보면 영감을 찾으려는 절박한 몸짓일지 모른다. 일상적 실천도 가능하다. 걸음 수를 채우기 위해 걷는 대신, 낯선 풍경을 마주하기 위해 걷는다고 마음먹으면 그날부터 산책은 작은 모험이 된다. 평소에는 보이지 않던 장면이 눈앞에 나타나기도 한다. 산책을 대하는 자세만 바뀌었을 뿐인데 '이미 있었던 것'이 '지금 있는 것'이 되는 것이다.

영감은 없다. 그러나 찾으러 갈 수는 있다. 받을 수는 없지만 잡아챌 수는 있다.

오늘 발견한 단어는 '간곳없다'다. 짐작할 수 있듯 "갑자기 자취를 감추어 온데간데없다"라는 뜻을 갖는다. 일상의 크고 작은 유레카 속에서 당장 다음날까지, 넉넉잡아 이듬해까지 기억나는 유레카는 거의 없다. 정보 위에 정보가 덮인다. 고해상도 영상은 초고해상도 영상 뒤로 사라진다. 역치도 덩달아 높아지기만 한다. 땅속에서 피어나지 못한 싹처럼, 아이디어는 머릿속 어딘가로 숨어버린다. 금세 간곳없어진다. 한 가지 다행인 것은 간곳없기에 언제든 다시 나타날 수 있다는 것이다. 이제 자취를 보여주기만 하면 되는데, 그것의 행방이 늘 묘연하다는 게 문제라면 문제다. 오늘은 대체 휴일, 휴일이야말로 눈 깜짝할 새 간곳없어지는 게 아닐까.

5

월

7

일

일기

일기의 정의에는 늘 '날마다'가 들어간다. 어릴 때는 '울며 겨자 먹기'가 무슨 뜻
인지도 모른 채 울면서 썼지만, 어른이 되어서는 강제하는 이가 없으니 기록하
고 싶은 날에도 미루기 일쑤다. 쉬고 싶은 마음이 쓰고 싶은 마음을 이기는 것
이다. 부치지 못한 편지처럼, 남기지 못한 일기가 가슴속에 부채負債처럼 쌓인
다. 빌린 사람도, 빌려준 사람도 빚쟁이다. 일기 앞에서는 번번이 이중 스파이
가 아닌 이중 빚쟁이가 되고 만다.

시의 사거리

 십 년 전 오늘의 꿈 이야기. 메모장에 남긴 몇 개의 단어가 꿈을 재생했다. 그날 나는 '시의 사거리'에 있었다. 사거리에 걸린 대형 간판이 그것을 말해주었다. 시市의 사거리는 아니었다. 차도, 사람도, 몸 하나 누일 공간도 따로 없었다. 동서남북이 불필요한, 불가능한 공허 그 자체였다. 시時의 사거리도 아니었다. 사방이 뿌예서 아침인지 밤인지조차 가늠할 수 없었다. 어림짐작이 어림없는 소리가 되는, 촉각과 청각으로 시시각각 되살아나는 곳이었다.

 문득 시是의 사거리일지도 모른다는 생각이 들었다. 이것이라고 가리키는 시, 옳다고 맞장구치는 시. 그러나 아무것도 없는 사거리에서 이것이라고 지칭할 수 있는 유일한 것은 무無밖에 없었다. 아무 곳의 아무것. 옳고 그름을 따지는 일 또한 무의미했다. 주장도 판단도 선택지도 없었으니까. 옳다고 소리쳐도 그것에 동조하는 이 또한 있을 리 만무했다. 나 혼자 옳을 때 그것은 독선이 되기 십상이다.

혹시 시c의 사거리는 아니었을까. A와 B 다음에 나오는 알파벳. 탄소의 원소 기호. 성적이나 사물의 단계를 가리키는 기호. 비타민의 한 종류. 서양 음악의 7음 체계에서 일곱번째 계이름. 대문자 뒤에 점을 찍으면 곶cape이나 섭씨Celsius를 의미하는 C. 소문자 뒤에 점을 찍으면 세기century나 센트cent를 의미하기도 하는 c. 원 안에 들어서서(©) 당당하게 저작권copyright을 밝히는 C. C가 채팅 약어로 'see'를 의미한다고는 하나, 알 것도 볼 것도 알아볼 것도 없는 이곳은 C의 사거리가 될 수 없었다. C를 떠올릴 만한 굽은 길도 없었다.

시의 사거리에서 어디로 가야 하나 골몰하다보니 시야에서 벗어나고 말았다. 그러나 시야를 판가름하는 주체는 누구란 말인가. 그것은 풍경인가, 이 공간을 설계한 사람인가, 난생처음 이곳으로 나를 밀어넣은 꿈인가. 시금털털한 가정이었다. 그제야 시야에 들어오는 것이 있었다. 바닥에 흩뿌려진 각종 시矢였다. 시 하나를 들어 살펴보았다. 화살촉이 녹아버렸지만 화살 위쪽에 달린 새의 깃은 아직 팽팽했다. 깃털 하나를 떨어뜨리고 잽싸게 날아간 한 마리 새를 떠올렸다. 새의 서슬에 놀라 화살촉이 녹아버렸다고 생각하니 아뜩했다.

까마귀 날면 배 떨어지고 비둘기는 콩밭에만 마음이 있다. 얼어걸린 발견이다. 부엉이 소리도 저 듣기에는 좋고 참새는 방앗간을 그냥 지나치지 않는다. 얼어들은 생각이다. 새들은 갖가지 편견을 비집고 깃털을 떨어뜨림으로써 흔적을 남겼으리라. 시의 사거리에서는 인과가 중요하지 않았다. 뱁새가 황새를 따라가도 다리가 찢어지지 않는 세계, 뱁새가 거리낌없이 수리를 낳는 세계였다. 낮말도 밤말도 새가 듣는 세계, 일찍 일어난 새도 늦게 일어난 새도 공평하게 벌레를 잡는 세계, 거추장스러운 나머지 새가 자발적으로 제 꽁지를 빠지게 놔두는 세계.

그러고 보니 그곳은 시詩의 사거리였다. 나 혼자였으니

까. 여백에서 상상하게 해주었으니까. 여백이 통째와 동의어였으니까. 난데없이 무언가가 나타나도, 느닷없이 무언가가 사라져도 이상할 게 없는 세계였으니까. 그 거리는 가로지를수록 넓어지고 상상할수록 번잡해졌다. 사거리 너머에 또다른 사거리가 뻗어 있었다. 떠올리기가 무섭게 없었던 것이 앞다퉈 생겨났다. 인간과 비인간이 한데 섞이고 현실과 가상이 경계가 사라졌다. 정도껏이 아닌 마음껏 상상해도 되는 세계, 아직껏 오지 않은 것을 정성껏 기다려도 되는 세계였다. 명령에 따르거나 그것을 거스르는 대신, 내가 명령을 발명하면 되는 세계였다.

본 적도, 본적本籍도 없는 거리였으므로 "거문고나 향비파를 타는 데 쓰는, 단단한 대나무로 만든 채"를 뜻하는 시匙의 사거리이기도 했다. 생김새를, 그것의 쓰임을, 채가 악기와 접촉해 만들어내는 소리를 그려볼 수 있었다. 있는 것도 없던 것으로 만드는 이 세계와는 달랐다. 없던 것을 있는 것으로 서슴없이 이야기할 수 있는 세계였다. '서슴'이 대체 무엇이기에 서슴거나 서슴지 않을 수 있는 것인지 상상의 널을 뛰어도 되었다. 규칙대로만 움직이는 시시한 거리가 절대 아니었다.

자꾸 시시, 하다보니 "매우 짙고 선명하게"의 뜻을 더하는 접두사 '시'의 사거리가 눈앞에 펼쳐졌다. 사방이 시퍼렇고 시뻘겋고 시커멓고 시허옜다. 팔방이었다면 시퍼렇고 시뻘 겋고 시커멓고 시허옇고 시꺼멓고 싯누렇고 싯멀겋고 시뿌 옜을 것이다. 온갖 시들이 모여 시뿌예진 곳, 다름 아닌 시의 한복판이었다. 한바탕 놀았는데 다시 미궁에 빠진 느낌이었다. 들어오기도 어렵지만 나가기는 더 힘든 거리가 바로 여기였다. 그제야 떠올랐다. 스무 개가 넘는 시의 뜻 중 첫번째는 "마음에 차지 않거나 못마땅할 때 내는 소리"라는 사실을. 감탄사 시와 함께 다시 걷기 시작했다. "시, 시의 사거리에서는 헤매지 않을 도리가 없군."

─── (오·발·단 : **일기죽일기죽**) ───

오늘 발견한 단어는 '일기죽일기죽'이다. 기억의 수면 아래 잠자고 있다가 일기 때문에 급작스레 깨어난 단어이기도 하다. "입이나 허리 따위를 이리저리 자꾸 느리게 움직이는 모양"을 가리키는 말인데, 말과 걸음이 빠른 나로서는 상상하기 어려운 동작이기도 하다. 연상은 나를 또다시 '이기죽이기죽'으로 이끈다. "계속 밉살스럽게 지껄이며 짓궂게 빈정거리는 모양"을 뜻하는 말이다. 뜻을 읽는 동안 묘하게 기분 나빠지는 단어다. 일기에서 일기죽일기죽으로, 일기죽일기죽에서 다시 이기죽이기죽으로 이어지는 과정이 일이삼 같아서 정겹다. "일이는 알겠고 삼은 어디 있는데?" 누가 묻는다면 '실기죽샐기죽'이라는 단어를 말해주어야겠다. "물체가 자꾸 한쪽으로 천천히 조금 기울어지거나 쏠리는 모양"을 일컫는 단어다. 이번에는 내가 물을 차례다. "일기, 일기죽일기죽, 이기죽이기죽, 그리고 실기죽샐기죽의 공통점은?" 끊이지 않고 반복된다는 거. 날마다, 자꾸, 계속, 조금이라도!

5
월
8
일

에세이

아빠가 내게 맨 처음 준 선물은 이름이다. 오은(五恩)이라는 이름. 아빠가 항암치료를 받을 적에 우리는 자주 산책길에 나서곤 했다. 그때 이 말을 들었다. "2등만 해도 만족하는 삶을 살라는 마음이었어. 1등은 쫓기니까. 여유가 없으니까. 자리보다 중요한 것을 지켜야 하니까." 그날 그 말이 지핀 것을 나는 변함없이 지키고 있을까.

오금은 저리고 오동은 나무니까

예닐곱 살 때의 일이다. 명절에 친척들이 모였다. 그간의 안부를 묻고 곰살맞은 분위기 속에서 따뜻한 얘기가 오갔다. 삼촌이 나를 놀리기 전까지는 말이다. "은이는 이름에 진鎭 자가 안 들어가네?" 그리고 기다렸다는 듯 주워왔다는 이야기, 시간이 오래돼서 어떤 다리 밑인지는 가물가물하다는 이야기가 이어졌다. 너무 어릴 때는 그 말이 무엇을 가리키는 것인지 몰랐지만, 형과 사촌들의 이름을 구분할 수 있게 되었을 때 나는 당황하지 않을 수 없었다. 다들 '진'으로 끝나는 이름을 가지고 있었던 것이다. 내게는 항렬자, 혹은 돌림자라고 불리는 그것이 없었다. 속하지 못한다고 느꼈던 것일까. 나는 펑펑 울기 시작했다.

바깥에 있던 아빠가 방문을 열고 내게 왜 우느냐고 물으셨다. "아빠, 왜 내 이름은 오은이야?" 흐느끼며 반문했다. 그때 품었던 감정이 서러움임은 한참 뒤에야 알았지만, 나는 오늘을 잊을 수 없음을 직감했다. 억울함에 슬픔이 더해져 감정은 점점 더 격앙되었다. "오금은 저리고 오동은 나무니까." 아빠가 나를 꼭 안으며 다정하게 말씀하셨다. 그 말을 듣자마자 거짓말처럼 울음이 그쳤다. 아빠의 말을 완벽하게 이해한 것은 아니었다. "오금이 저리다"라는 관용구가 의미하는 바도, 오동나무의 생김새도 나는 알지 못했으니까. 그런데 그냥 웃음이 났다. 대단한 비밀인 줄 알았는데, 실은 그게 아무것도 아님을 깨달은 것 같았다.

농담에 흔히 붙곤 하는 '실없는'이라는 단어는 농담이 지향하는 바를 정확히 겨냥한다. 실實은 열매나 씨를 뜻하는데, 이는 보통 쓸모나 핵심을 가리키는 데 사용되곤 한다. 그러나 삶의 많은 순간은 쓸모없어서 빛난다. 핵심에서 벗어났기에 그 빛은 다른 곳으로 옮겨갈 수도 있다. 그래서일까. 산책할 때, 서랍을 열어 물건들을 정리할 때, 친구와 만나 회포를 풀 때 우리는 실과 선뜻 멀어지고자 한다. 농담을 던진다는 것은 실답지 못한 사람이 되거나 우스운 상황을 연출함으로써 삶의 긴장을 느슨하게 만드는 것이다. 함께 맥이 빠지고 생활의 무게에서 일시적으로 해방되고자 하는 것이다. 내가 농담을 사랑하는 이유다.

강화길의 소설 『다정한 유전』(아르테, 2020)을 읽다가 농담에 대한 대목을 곱씹었다. "이선아는 남편의 동기, 그러니까 남자 선배 D와 잘 맞지 않았다. 그는 어떻게든 그녀의 기를 죽이고 싶어했다. 남편은 그녀가 예민하게 받아들이는 거라고, 원래 그 녀석은 농담을 그런 식으로 한다고 말했다. 선아는 이해되지 않았다. 그게 정말 농담이라고?" 농담의 성패는 그것을 듣는 이가 결정한다. 듣는 이가 불쾌했다면 그것은 실패한 농담이다. 맥이 빠지거나 샛길로 빠지더라도 기와 분위기만큼은 어떻게든 살려야 한다. 무엇보다 농담은 상대를 웃게 만들어야 한다. 어처구니없어 피식 새어나오는 웃음도 때로 강력한 힘을 갖는다. 그러나 기분 좋아서 웃게 만들어야지 쓴웃음을 짓게 하거나 억지로 웃게 만들어선 안 된다. 농담의 본질은 경직된 심신을 이완시키는 데 있다.

극중 남자 선배 D는 잠시 등장했다가 사라진다. 비중 있는 역할은 아닌 셈이다. 그가 던진 농담은 번번이 실패했지만, 비중을 낮춰주는 데 농담의 진짜 역할이 있는 것은 아닐까. 그런 점에서 비중의 비장함을 외면하는 농담이야말로 최고의 농담일 것이다. 중요성과 중요도에 사로잡힌 현대인에게 틈을 내주는 농담 말이다. 농담을 주고받으며 우리는 귀중하고 요긴해야 한다는 강박에서 잠시나마 벗어날 수 있다. 스스로 무너지는 농담은 상대에게 다가가겠다는 적극적인 신호다. 그가 펼쳐 보이는 빈틈을 흔흔히 온기로 채워주고 싶어진다. 뼈 있는 농담은 상대의 빈틈에 정확히 명중한다. 농담을 듣는 사람은 웃으면서도 뜨끔해졌음을 부인할 수 없다. 뼈 있는 농담을 듣고 "나는 치킨도 순살로만 먹는데!"라고 너스레를 떨 수도 있을 것이다. 그때 그 둘은 격의 없는 '농담 관계'가 된다. 이처럼 관계의 윤활유 역할을 하는 농담도 있다.

농담으로 인해 삶의 농담濃淡도 변한다. 지루한 일상에 던져진 날카로운 농담은 정신을 번쩍 들게 만든다. 바쁜 삶에 던져진 농담은 숨을 고르게 한다. 농담을 딛고 기지개를 켜거나 농담에 기대 설핏 웃을 수도 있다. 농담을 징검돌 삼아 여기에서 저기로 건너갈 수도 있다. 농담이었을 뿐인데, 돌아보니 농담이 농담으로 그치지 않았던 모양이다. 실 있는 농담으로 내 안에 자리잡은 것이다. 그럴 때 농담은 꼭 진담 같다. 확실히 나는 농담을 사랑한다.

오 · 발 · 단 : **거시기**

오늘 발견한 단어는 '거시기'다. 거시기는 살아 계실 적 아빠가 즐겨 쓰던 단어이기도 하다. "이름이 얼른 생각나지 않거나 바로 말하기 곤란한 사람 또는 사물을 가리키는 대명사"라는 뜻에 걸맞게, 아빠는 해마다 더 자주 거시기를 찾았다. 눈치 게임을 하듯, 스무고개를 넘듯, 이심전심을 확인하듯. 간혹 어떤 거시기는 바로 알아맞힐 수 있었지만, 대다수 거시기는 내게 너무 멀었다. 아빠가 아는 사람을 내가 다 알지는 못했고 아빠가 가리키는 사물은 눈앞에 없는 경우가 많았다. 독심술을 발휘하듯 미간을 찌푸린 채 '거시기'를 찾는 데 골몰하고 있으면 아빠가 말했다. "이 상황이 참 거시기하

네?" 어쩌면 작년 이맘때 출간된 내 여섯번째 시집 『없음의 대명사』는 별별 거시기들을 이야기하고 있는지도 모르겠다.

농담

5월 9일에 태어난 친구가 말했다. "너 매일 탄생화가 있다는 걸 알고 있었어?" "아니, 몰랐어." "나도 몰랐는데, 내 애인이 그것도 모르냐고 타박하더라." "그 게 상식은 아니지 않아?" "상식은 상대적인 거니까." "그게 내가 자꾸 상식에 어 긋나는 이유인지도. 그래서 오늘의 탄생화가 뭔데?" "겹벚꽃이래." "오, 왠지 상 식 밖인데?"

간밤에 상식 요정이 찾아왔다

상식 요정이 방에 들어와 다짜고짜 물었다. 자려고 막 누운 참이었다.

"상식의 반대말이 뭐야?"

"몰상식?"

"어쭈."

"근데 이상하지 않아? 몰상식은 상식이 전혀 없다는 뜻이잖아. 상식이 조금 있는 사람도 있을 텐데."

"너는 말이 많구나. 말이 많은 사람은 대개 따지기를 좋아하는 법이지."

침을 삼켰다. 진정해야 한다.

"근데 남의 방에 들어올 때 노크하는 게 상식 아냐?"

"문이 활짝 열려 있었잖아."

"인기척이라도 내야지."

"나는 요정이잖아. 정精기척이라고 표현해야지."

말문이 턱 막혔다.

"이제부터 상식 문제를 낼 거야. 세 문제 중 하나라도 맞히면 순순히 돌아가주지."

돌아가준다니, 쫓아내도 모자랄 판국에 빤빤해도 너무 빤빤하다. 어쩌면 겹벚꽃처럼 꿍꿍이를 숨기고 있을지도 몰라. 그걸 속사정이라고 그럴듯하게 포장할지도 모르지. 내 속마음을 읽었는지 상식 요정이 피식 웃으며 말한다.

"너무 빤빤하다고 속말했지? 큰말이 있잖아. 그냥 '뻔뻔하다'고 하면 되지, '너무 빤빤하다'고 굳이 길게 생각할 필요 있어? 언어의 경제성을 생각하라고. 말 많은 사람이 생각도 많네그려."

말문을 뗐다.

"그래. 해보자고. 세 문제 중 하나는 알겠지."

상식 요정이 씩 웃었다.

"석류알은 몇 개지?"

어디선가 본 적이 있었다. 유대인들이 석류의 씨앗 개수
가 613개라고 믿었다는 이야기를. 율법의 개수 또한 613개
라 완전한 열매라고 했던가? 그런데 홀수가 맞을까? 왠지
씨앗 개수는 짝수여야 할 것 같았다. 그런데 이게 왜 상식이
지? 상식은 "사람들이 보통 알고 있거나 알아야 하는 지식"
을 뜻한다. 있지도 않은 석류를 쪼개 알맹이를 세어볼 수도
없었다. 있다고 한들, 상식 요정은 한쪽 입꼬리를 올리며 가
차없이 안 된다고 할 것이다.

"보기 없어?"
"응, 주관식이야."

"613개!"

"틀렸어. 역시 하나만 알고 둘은 모르는군."

"답이 뭔데?"

"석류마다 다르다."

답이 말도 안 된다고, 문제가 이상하다고 따질 겨를도 없었다. 정지용의 시 「석류」의 한 대목이 떠오르고 말았으니까. "옛 못 속에 헤엄치는 흰 고기의 손가락, 손가락./외롭게 가볍게 스스로 떠는 은銀실, 은銀실." 석류알을 꺼내는 손가락의 재바른 움직임을 떠올리니 온몸에 신맛이 돌았다. 게다가 그 움직임이 떠는 은실이라니!

"이건 상식 문제가 아니네. 난센스 퀴즈 아냐?"

"이치에 맞지 않는 문제 앞에서는 그것이 이치에 맞지 않다고 말할 필요가 있지."

"난센스도 센스다, 뭐 이런 거야?"

"다음 문제를 낼게. 이번에는 제발 신중하게 답해."

어처구니가 없었다. 하긴 어처구니가 있었으면 상식 요

정은 아예 내 방에 들어오지도 못했을 것이다. 어처구니로 방문을 막아버렸을 테니까.

"드론drone이 의미하는 것 중 살아 있는 것은?"

상식 요정이 나의 경솔함을 지적해서 그런지 선뜻 답하기 어려웠다. 드론은 무인 항공기다. 엄밀히 말해 살아 있다고 할 수 없을 것이다. 그럼 살아 있는 것은 드론을 조종하는 사람을 가리키는 것일까. 난센스 퀴즈도 내는 판국에 사람이 답이 안 될 리 없다. 다만 살아 있는 '것'이라는 게 마음에 걸렸다. '것'은 사람을 낮추어 이를 때 쓰는 말이니까. 장고 끝에 어렵게 입을 열었다.

"소리?"

"떠올리는 게 꼭 시인 같군. 드론의 윙윙거리는 소리가 살아 있다고 생각하는 걸 보면."

상식 요정의 편견 앞에서 말문을 재차 열지 않을 도리가 없었다.

"그렇다면 드론을 조종하는 사람인가?"

"이미 답변할 기회는 사라졌어. 정답은 수벌이야."

순간, 두 눈이 휘둥그레졌다. 드론이 수벌을 가리킬 거라 곤 꿈에도 생각지 못했다. 아, 여기가 바로 꿈속인가?

"정곡을 찔린 모양이군. 여왕벌은 알을 낳고 일벌로 불리 는 암벌은 꽃의 꿀을 모아 벌꿀을 만들지. 수벌은? 침이 없 어서 스스로 먹이도 구하지 못하지. 오로지 여왕벌과의 교 미를 위해서만 존재할 뿐이야. 수벌이 무위도식의 대명사 가 된 이유도 거기에 있지."

"그렇게 태어난 것뿐이잖아."

"초창기 드론의 역할을 떠올려봐. 수벌이 왜 교미 후에 즉 시 죽어버리는지 알게 될지도 모르지."

상식 요정이 웃었다. 얄밉게 느껴지는 저 웃음이야말로 상식과는 가장 거리가 멀어 보였다.

"요즘 사람들이 너 같은 사람, 아니 요정을 가리켜 뭐라고 하는 줄 알아? 설명충蟲이라고 해."

"응, 나는 설명에 충실充實하니까."

상식 요정은 바늘로 찔러도 피 한 방울 나오지 않을 것이
다. 요정이니까 몸속에 피 대신 다른 것이 흐를지도 모른다.

"간밤에 봉변당했다고 동네방네 알려야겠어. 방문을 노
크하지도 않고 난데없이 방문하는 상식 요정을 조심하라
고."

"봉변이라니, 지식을 영접했으니 봉지逢知당했다고 해. 근
데 너 간밤이 뭔 줄 알아?"

"이미 간 밤. 가버린 밤!"

상식 요정의 자취가 천천히 사라지고 있었다. 그림자조
차 가방끈처럼 길었다. 그림자에는 시치미처럼 이런 문장
이 적혀 있었다. "한명회의 호는 압구정, 고래와 하마는 근
친, 장방형의 상자를 일컫는 말은 궤櫃, 대나무는 하루 최대
60센티미터까지 성장, 기후 변화가 초래할 수 있는 경제·금
융 위기를 가리키는 말은 그린 스완green swan, 아라비아 낙

타는 단봉낙타, 개의 영구치는 42개, 인류 역사상 가장 큰 소리는 크라카타우 화산이 폭발할 때 발생, 지구상에서 가장 염분이 높은 물은 남극의 돈 후안 연못, 세계에서 가장 무거운 곤충은 골리앗왕꽃무지, 자유의 여신상의 겉면에 씌운 금속은 구리……" 끝없이 이어지는 상식의 물결 속에서 어서 빨리 시치미를 떼야겠다는 생각만 할 뿐이었다. 시치미를 떼면 날이 밝는 대로 어처구니를 들일 것이다.

간밤에 관한 저 문제가 이날 내가 유일하게 맞힌 문제였다. 마지막 문제라는 걸 알았다면 아마 맞히지 못했을지도 모른다. 이렇게 쉬울 리가 없다고 도리머리를 했을 것이다. 쓸데없이 진지해져서 어처구니없는 오답을 제시했을지도 모른다. 나도 모르게 튀어나간 말이 나를 살린 셈이다.

밤이 가고 아침이 왔다. 간밤은 밤이 가고 나서야 쓸 수 있는 말이었다. 가고 있는 아침과 갈 밤 사이에서 갈팡질팡할 오늘이 어김없이 찾아왔다.

오늘 발견한 단어는 '건밤'이다. 간밤에 상식 요정 때문에 잠을 설쳐서 떠오른 단어이기도 하다. 건밤은 "잠을 자지 않고 뜬눈으로 새우는 밤"을 뜻한다. 건밤의 '건'이 마를 건乾인지는 확인되지 않았지만, 왠지 건밤, 건밤 중얼거리고 있으면 건빵이 떠오른다. 수분과 당분 대신 근심과 걱정을 가득 채워넣은 밤, 건밤. 건밤에 내리는 비는 내리면서도 마른세수하듯 어쩔 줄 모를 것이다.

적바림

'시의적절'이란 시리즈 이름을 듣고 내가 가장 먼저 떠올린 것은 '적바림'이었다. 적바림은 "나중에 참고하기 위하여 글로 간단히 적어둠. 또는 그런 기록"을 뜻한다. 내겐 수첩이나 휴대전화 메모장이 적바림을 담는 그릇이 되어준다. 갖가지 사정을 참고해서 요구에 응하기 위해서는 뭐든 많이 준비해두는 게 중요하다. 어떤 것이 시로 태어날지, 산문으로 변신할지 알 수 없다. 그저 언제든 쓸 준비가 되어 있어야 한다. 적절한 단어를 쓰는 일은 자주 통쾌하고 때로 경이롭다.

기역에서 리을까지

기역의 힘

'가'는 한글을 배울 때 처음 접하는 글자다. 가장 먼저 알
게 되는 글자가 '가'라는 사실은 서글프다. "가"라고 인사하
고 헤어지는데, 상대는 가는데 나는 거기 그대로 머물러 있
었던 적이 있다. 맨 처음에 가를 배웠지만 맨 마지막까지 남
아 있었다.

'강'은 발음할 때 입속에 나만의 강을 만든다. '가뭇없다'는
감감하고 감쪽같음을 의미한다는 점에서, 태생적으로 사라
지는 단어다. 단독생활을 하는 '고라니'는 으레 덩그러니 드
러난다. '구르다'가 입속에서 어렵게 굴린 '공'을, '가렵다'는
기어이 입 밖에 내고 싶어한다. 가려워서 긁고 그리워서 구
른다. 공은 어느새 제자리로 돌아와 있다. '궁극'이다.

'구름'의 부피와 속도를 좋아한다. 발 구르지 않으면서 뭉게뭉게 피어나는 것이 자연일 것이다. '거름'의 시간과 밀도를 좋아한다. 거르고 걸러 남은 것이 진짜 하고 싶었던 말이다. '고드름'을 상상하면 오싹해진다. 한겨울의 '기다림'이 '거드름'으로 똘똘 뭉쳐 얼어붙은 것 같다.

'갸릉갸릉'은 발음할 때 귀엽지만 친해지고 싶은 단어는 아니다. '가래'는 열매고 떡이고 동물이고 농기구고 고깔 모양의 건巾이고 마침내 분비물이다. '고래고래'는 고래를 두 마리나 불러들인다. 얼마나 크겠는가. '길이길이'는 길이를 두 번이나 소환한다. 얼마나 길겠는가.

'공글리다'가 마음을 다잡고 바닥을 단단하게 다질 때, '궁굴리다'는 말과 생각을 이리저리 굴리고 돌리는 데 여념이 없다. 공글리는 단호함과 궁굴리는 너그러움이 어우러지면 '극단'과 '곤궁'을 피할 수 있다.

쌍기역의 힘

'끙'이 소리를 낼 때 '깡'은 뼛속에 들어찬다. '꼼수'에는 '꼼

꼼함'이 없고 '꿀팁'은 달지 않을 때가 더 많다. '꾸러미'에 든
물건은 으레 '낌새'가 이상하고 '꾸러기'의 '꿈'은 '끝'이 날 생
각이 없어 보인다. 유년은 '꼬르륵꼬르륵'이 '꾸역꾸역'을 향
해 돌진하는 시기다. 성년이 되어서는 '깔깔'이 '낄낄'이 되지
않도록 조심해야 한다. 시무룩이 '까무룩'이 되면서 '꾸벅거
림'은 '깨달음'으로 이어지기도 한다. '꾹꾹' 눌러쓴 글을 보
내도 미련은 '꼭'이란 단어로 남는다. '꽉' 잡지 않으면 '끝끝
내' 사라지고 만다.

니은의 힘

'나'는 어릴 때 입에 달고 살다가 성장하면서 점점 멀어지
는 단어다. 숨고 싶을 때 찾는 것은 '내일'이고 숨기고 싶을
때 찾는 것은 '농담'이다. '내력'은 속일 수 없지만 '노력'은 배
신하기도 한다.

'노랗다'는 양가적 감정이 들게 한다. 개나리, 병아리, 유
채꽃의 노랑과 얼굴의 노랑은 사뭇 느낌이 다르다. 전자의
노랑이 밝음이라면 후자의 노랑은 탁함을 가리킨다. 전자
의 노랑이 충분함이라면 후자의 노랑은 궁함에 가깝다. '노

여운' 나머지 노랑을 '누르지' 말라. 누르면 누를수록 '누렇게' '눌어붙을' 뿐이다.

'놀다'와 '놀라다'에서 출발해 '날다'와 '날래다'를 거쳐 도착한 곳에는 '늙다'와 '눌리다'가 있다. '나이'가 주름질 때 '나이테'는 무늬진다. '녹다'의 주어가 애간장에서 뼈로 옮겨갈 때 '나불대다'와 가까웠던 몸은 '나부끼다'를 찾는다. '녹녹함'이 '낙낙해지는' 시간이다.

'눈'은 내리고 쌓이고 얼고 녹는다. '노래'와 '날개'가 펼쳐질 때, '눈물'과 '낙엽'은 그저 진다. '나긋나긋'과 '노릇노릇', '너풀너풀'과 '누덕누덕'은 생로병사를 연상케 하는 말이다.

디귿의 힘

'다'는 여지없는 단어다. '다다'와 '다가 아니다' 사이에서 '도망치듯' 움직이게 한다. "다 죽었어!"라고 호기롭게 외치는 사람 옆에는 "사람은 다 죽게 돼 있어"라고 '도도하게' 말해줄 사람이 필요하다. "남들 다 하는 일 왜 못해?"라고 비난하는 사람 앞에서는 '대거리'가 절실하다. "볼 장 다 봤어!"

나 "별사람 다 보겠지?"같이 '도드라지는' 말 말이다.

'달이다'와 '다리다'는 간절함이 발현되는 동사다. '닳아난' 물건이 방안에서 자유자재로 '도망치듯', 한번 '달아난' 사람은 '돌아오지' 않는다. '두르다'는 걸치고 감싸며 제 몸의 앞에 방패를 만든다. 서두를 때는 눈치를, 에두를 때는 핑계를, 내두를 때는 혀를, 휘두를 때는 칼을 '든다'.

'도란도란'과 '뒤룩뒤룩'을 사용할 때는 자취를 살펴야 한다. '도란도란'에서 배제되는 이가 없는지 '두루두루' 살펴야 한다. '뒤룩뒤룩'은 말할 때 말 그대로 '뒤'를 봐야look 한다. 자격을 따지는 것이 아니다. 그런 말을 '대차게' 해도 될 자격은 누구에게도 없다.

쌍디귿의 힘

'똥'은 평생에 걸친 화두다. 똥만 잘 싸도 칭찬받는 시기, 똥을 못 싸서 스트레스받는 시기, 똥을 못 가려서 미움받는 시기가 있다. '똥을 싸다'가 "몹시 힘들다"란 관용적 의미를 얻게 된 것도 똥의 위상을 말해준다. "똥 씹은 표정"이라는 표현을 쓰는 사람 중에 실제로 그것을 씹어본 사람은 없을 것이다. 오동은 흔히 똥으로 표현되는데, 화투판은 성인이 된 이후 똥이 유일하게 환대받는 자리이기도 하다.

'떠올리다'는 되살려내는 일이다. '또' 떠올리고 '또다시' 떠올리는 한, 어떤 시간은 사라지지 않는다.

리을의 힘

'ㄹ'는 마지막에 등장할 때 안정감을 준다. 가라, 나라, 사라, 나가라, 다 가라, 다 사라, 가나다라…… 라의 '라이벌'은 두음법칙이다.

'라임lime'은 흔히 '레몬'과 비슷하게 생긴 과일로 이야기된다. '라임rhyme'은 비슷한 단어로 같은 운韻을 규칙적으로 다는 일이다. 비슷한 것 사이에서 다른 것을 발견했을 때, 우리는 '라인line'을 긋는다.

'ㄹ'은 뒤에서 받쳐주는 말이다. 사랑, 바람, 자랑, 신랑, 너랑 나랑 노랑…… '고랑'이 '이랑'을 떠받칠 때 '쇠스랑' 소

리는 가장 '낭랑'하다. 아닌 것도 있다. '부메랑'을 받쳐주는
것은 바람이다. 던진 것이 반드시 돌아오리라는 믿음이다.

'리듬'은 타는 것이다. 리듬이 깨질 때면 그것을 곧장 되찾
고 싶어진다. 그럴 때면 '리부팅'이 절실하다. '랠리'는 다시
시작되어야 한다.

───(오.발.단 : **갯녹음**)───

오늘 발견한 단어는 '갯녹음'이다. 바다식목일에 되새
기기 좋은 단어다. 갯녹음은 "연안 암반 지역에서 해조
류가 사라지고 흰색의 석회 조류가 달라붙어 암반 지역
이 흰색으로 변하는 것"을 뜻한다. 해조류 없는 바다는
나무 없는 숲과 다를 바 없을 것이다. 상상만으로도 아
찔하다. 바다식목일은 2013년, 우리 정부가 세계 최초
로 정한 국가기념일이라고 한다. 바다 사막화 현상, 해
양오염, 수온 상승 등을 막기 위해 제정된 이날에는 바
다숲을 위해 무엇을 할 수 있을까 고민하게 된다. 바닷
속에 들어가 해조류 심는 일을 할 수는 없으니 미세 플

라스틱 사용을 줄이고 천연 세제를 사용해야겠다는 다
짐만 할 뿐이다. 바닷속에 갯녹음은 사라지고 녹음綠陰
만 짙기를.

시

오늘은 동학농민혁명 기념일이다. 실패로 막을 내렸다고 배웠지만 동학농민혁명이 있었기에 갑오개혁이 가능했을 것이다. 혁명은 끝나도 정신은 사라지지 않는다. 정읍에 살 때는 혁명의 선봉에 선 '전봉준'이라는 이름보다 '녹두장군'이라는 별명을 더 많이 들었다. 호남고속도로에는 정읍녹두장군휴게소가 있는데, 반가운 마음에 종종 들르곤 한다. 여담과 TMI 사이의, 재발과 제발 사이의 말이다.

제발방지위원회

이곳에서는 부탁이 금지되어 있습니다. 피차 편하면 좋잖아요. 낯 붉힐 일도, 낯뜨거울 일도 있으면 안 됩니다. 낯 두꺼워질 염려는 넣어두세요. 낯을 돌릴 일도, 낯을 묻힐 일도, 낯을 못 들 일도 없을 테니 낯이 깎일 가능성도 없습니다. 낯을 보고 넘어가는 고릿적 수법은 통하지 않아요. 받지도, 들어주지도 마세요. 애초에 하지 않으면 됩니다. 해달라고 하지 마세요. 머리를 조아리거나 손이 발이 되도록 빌지 마세요. 제 손은 결코 제 발이 될 수 없습니다. 스스로 하세요. 이곳에서는 제발이 절대 재발해서는 안 됩니다. 제 발로 들어온 사람들이 제 발로 나갈 수 있게 해주세요. 부디 웃음을 거두지 마세요. 제가 부탁하는 것처럼 보이나요? 비바람과 바람비가 다르듯, 부탁과 요구는 과연 다릅니다. 옆에서 비바람이 불어올 때 바람비는 위에서 아래로 내립니다. 낯가림이 심해진다 한들 별수 없습니다.

오·발·단 : **땅거미**

오늘 발견한 단어는 '땅거미'다. 땅거미라는 말은 땅이 검어진다는 데서 비롯했다고 한다. 절지동물인 '땅거미'가 활동하는 시간대가 하필 저녁이기도 하다. 땅거미는 땅거미에 움직이기 시작한다. 점심때면 마음에 점을 찍는 사람처럼, 해가 진 뒤에야 혁명이 도모되는 것처럼. '땅강아지'는 날 수 있고 '땅돼지'는 흰개미를 잡아먹는다. '땅빈대'는 식물이고 똥고집과 비슷한 말로 '땅고집'도 있다. '땅두릅'은 5월에 제맛을 내고 한곳에 같은 작물을 거듭 심지 않는 일을 가리켜 '땅가림'이라고 한다. 땅을 맡은 귀신인 '땅귀신'은 계절에 따라 머무는 곳이 다르다. 봄에는 부엌에, 여름에는 문에, 가을에는 샘에, 겨울에는 마당에 있다고 한다. 땅거미에는 생각이 많아진다. 대부분은 이런 생각이다. '오늘도 다 갔네. 종일 뭐 했지?' 그때부터 마음이 바빠진다. '얼렁 뚱땅'은 땅으로 끝나는 말 중 가장 조급하다. 혁명이 가장 멀리해야 할 단어이기도 하다.

인터뷰

수경 누나의 첫 메일을 받은 것은 2011년 11월 26일 금요일이었다. 새벽 네시 오십오분에 온 메일은 이렇게 시작하고 있었다. "은아, 불면증이 나의 징글징글한 벗이라 이 시간에도 나는 깨어 있네." 메일을 다 읽고 나는 한 번도 가보지 않은 독일 뮌스터의 새벽을 떠올렸다. 거기도 춥겠지, 스산하겠지, 중얼거리며. 메일은 이렇게 끝났다. "말의 명증(明證)과 말의 허위(虛僞)를 우리, 보듬자."

이듬해인 2012년 5월 12일은 토요일이었다. 그날 저녁 일곱시 사십분에 독일에서 메일이 도착했다. 메일은 이렇게 시작하고 있었다. "은아, 엘 그레코의 그림이 전시되는 뒤셀도르프에서 우리 은이가 이 무참한 색의 축제를 보면 무슨말을 할까, 생각했다." 한 달쯤 전 내 첫 산문집인 『너랑 나랑 노랑』이 나왔는데, 고맙게도 책의 추천사를 써준 누나였다. 메일은 다음과 같이 끝난다. "오래 사유하자."

그리움이 걷잡을 수 없이 커지면 밥을 지어 먹었어

'허수경'이라고 쓴다. 조금 있다가 "허수경"이라고 발음해
본다. 쓸 때는 그저 먹먹하던 것이 발음하니 목울대까지 가
득차오른다. 액체에 가까운 마음들이 걷잡을 수 없이 쏟아
져나오기 시작한다. 각각의 마음들이 돌고 돌아 미안함으
로 모인다. 누나 생전에 하고 싶은 말, 해야 할 말이 많았다.
이제는 하고 싶었던 말, 꼭 해야 했을 말이 되었다.

지난 10월 3일, 허수경 시인이 운명했다. 소식을 접한 많
은 이가 슬퍼했다. 공중으로 손을 뻗기도 했다. 뭐라도 잡
을 것이 없을까 싶어서였다. 나는 밤새 허수경의 시집을 읽
었다. 웃고 있는 시들도 슬펐다. 울고 있는 시들은 통곡으
로 다가왔다. 혼자서 얼마나 아팠을까. 홀로 얼마나 힘들었
을까. 무엇보다 누나는 거기에 잘 있을까.

2011년, 허수경은 한국을 두 번 찾았다. 연초에 다섯번째 시집 『빌어먹을, 차가운 심장』을 들고 고국을 찾았던 그는 연말에 장편소설 『박하』 출간 시기에 발맞춰 다시 한국 땅을 밟았다. 모르긴 몰라도, 십 년 동안 어지간히 그리웠을 것이다. 돌아와서 여전한 것과 사뭇 달라진 것, 완전히 변한 것을 바라보며 그는 어떤 생각을 했을까. 생전의 마지막 방문이 될 거라는 사실을 감히 예감할 수 있었을까.

그리움이란 것은 한없이 어렴풋하고 아슴아슴하다가도, 북받쳐오르면 쉽게 진정시키기 어렵다. 잊고 있던 어떤 기억이 퍼뜩 떠올라 심신을 단단히 옥죄는 것처럼, 그리움은 한번 고개를 들면 걷잡을 수 없이 우리를 삼키려든다. 도망쳐도 소용없다. 그리움은 몸에 찰싹 달라붙어 있는 것이니까. 그것을 물리적으로 뗄 수도 없다. 그리움이 어디에 붙어 있는지 알 수 없으니까. 나는 지금 그리움을 계속하는 중이다.

처음 허수경을 만나던 날이 생생하게 떠오른다. 그때부터 그의 두 눈에는 그리움이 그렁그렁 들어차 있었다. 그가 활짝 웃을 때 속으로는 꺼이꺼이 울고 있다는 사실을, 나는 단박에 알아차렸다. 보는 사람이 뭉클할 정도로 두 눈이 투명했으므로, 그에게 다가가는 일은 그리 어렵지 않았다.

그는 숭늉처럼 푸근하고 따뜻했다. 그저 약간의 너스레면 충분했다. 마음에 담은 이들을 정성스레 보듬고 도닥이는 게 바로 허수경이었다. 그 앞에선 절로 "폐병쟁이 내 사내"(『슬픔만 한 거름이 어디 있으랴』)나 "낯익은 당신"(『청동의 시간 감자의 시간』)이 되었다. 나 자신도 모르게 불가항력적으로 애틋해졌다. 불가능하게 애처로워졌다. 그때마다 맵싸한 바람이 불어왔다. 2018년 가을, 그 바람이 다시 불어왔다. 코끝이 시큰하다. 아리다.

허수경이 머물던 한 달여의 시간 동안, 여섯 번이나 그를 만나는 호사를 누렸다. 첫 만남 때 '선생님'이었던 허수경은 다음에는 자연스레 '선배님'이 되었고, 세번째 마주할 때 나는 그를 자연스럽게 '누나'라고 부르고 있었다. 마치 오랫동안 그렇게 불러왔던 것처럼, 그 호칭은 불쑥 튀어나왔다.

2011년에 한 계간지에서 마련해준 자리에서 오간 대화, 2012년부터 2017년까지 주고받은 이메일, 무엇보다 2011년 귀국 당시 가졌던 여섯 차례의 만남에서 함께 나눈 귀한 말들이 이 인터뷰를 가능케 했다. 나는 조각조각 흩어져 있던 말을 모으겠다는 일념으로 우리의 대화를 복기했다. 메일함과 사진첩을 뒤져 그때 거기를 지금 여기에 도로 옮겨야겠다고 생각했다.

우리는 만날 때마다 주로 작고 여리고 희미하고 보잘것없는 것에 관해 이야기했다. 그것들을 기억하는 것이 얼마나 값진 경험인지에 대해 말하며, 누가 먼저랄 것도 없이 고개를 끄덕이기도 했다. 그사이, 내게 가을은 그리움이 움트는 계절이 되었다. 겨울은 그 그리움이 울창해지는 계절이다.

누나가 십 년 만에 한국에 돌아왔을 때 기억나? 오랫동안 외국에서 살다 고국에 돌아오면 어떤 느낌일까? 낯설고 친숙한 것들이 마구잡이로 뒤섞여 있을 텐데.

"나한테는 한국도 외국이고, 독일도 외국이야. 이젠 외국이 아닌 데가 아예 없어진 거 같아. 낯설지 않은 곳이 한 군

데도 없어. 왜냐하면 독일에 살아도 온전하게 독일어로만 사는 게 아니잖아. 국적도 한국이고. 익숙한 것들과 낯선 것들이 혼재된 상황이니까."

사실, 자주 가던 곳이라도 몇 개월 만에 가게 되면 이것저 것 많이 변해 있잖아. 원래 익숙한 곳인데도 문득 길을 잃은 것 같은 기분이 들기도 하고.

"어쩌면 자기 앞에 놓여 있는 사물들, 그게 속해 있는 공간, 이런 것들을 낯설게 느끼는 게 시인의 마인드인 듯싶어. 나만 낯선 것은 아니겠지?"

귀국했을 때 고향인 진주에도 갔었지? 거기도 낯설었어?

"갔었지. 제일 낯선 데가 바로 거기야. 언제나 고향이 제일 낯설지."

1987년에 데뷔한 이후 일 년 만에 첫 시집을 냈잖아, 누나. 이게 보통의 경우와는 많이 다르잖아. 그때의 상황에 대해서 좀 들려줘.

"어느 날, 송기원 선생님이 전화하셔서 써놓은 시들이 있으면 다 챙겨서 서울로 한번 올라오라고 하시는 거야. 그래서 써둔 시들을 가지고 갔지. 그것들을 보여드렸더니 며칠 있다 좀더 써서 가져오라고 하시더라고. 이유를 물어도 시원하게 답해주시지 않았어. 당시에 쓰고 싶은 것들이 있어 그것들을 몇 편 써서 다시 서울에 갔지. 그랬더니 이것들을 당장 시집으로 묶어서 낸다고 그러는 거야. 그렇게 해서 나오게 됐지."

엉겁결에 첫 시집을 갖게 된 셈이네?

"그래서인지 아직도 첫 시집이 유난히 감감하게 느껴져. 그 시집에 내가 쓴 시들이 담겨 있기는 해도, 당시 『실천문학』 주간으로 계시던 송기원이라는 분에 의해 만들어진 시집이기도 하니까."

내가 자라 강을 건너게 되었을 때
강 저편보다 더 먼 나를
건너온 쪽에 남겨두었다

어느 하구 모래톱에 묻힌 내
배냇기억처럼*

---

* 허수경, 「강」 부분, 『슬픔만 한 거름이 어디 있으랴』, 실천문학사, 2010.

독일로 다시 떠나기 이틀 전, 누나를 만났었지. 그때 봤던 누나 얼굴이 아직도 생생해. 발걸음과 그림자가 둘 다 떨어지지 않을 것 같은 표정이었지.

"낯선 곳이 조금 익숙해지려고 하던 찰나에 다시 독일에 가게 되었잖아. 사실, 가기 싫었다? 한국에 오니까 한국이 좋았어. 이 귀한 시간을 내가 감히 누려도 괜찮나 싶을 정도로 좋았어."

귀국한 후에 특별히 기억에 남는 일이 있었어?

"내게는 언제나 후배 시인들 만나는 게 가장 특별한 경험이야. 그들에게서 지금 뿜어져나오는, 혹은 근미래에 비집고 나올 말들을 짐작할 수 있어서 좋아. 그 순간들이 그렇게 나를 들뜨게 한다?"

두 권의 시집을 내고 한창 주목받을 즈음, 돌연 독일로 떠났잖아. 어떤 특별한 계기 같은 것이 있었어?

"처음에는 그냥 막연히 '떠나고 싶다'고 생각했던 것 같아. 세월이 흐르면서 내가 왜 떠났는지 사유하게 되더라. 그때는 잘 몰랐지. 나중에 곰곰 생각해보니, 인간의 형식이 바뀌어야 시에서도 새로운 형식이 나올 수 있을 것이라는 믿음 때문이었더라고. 나한테는 그게 모국어로부터 한없이 낯설어지는 일이었고."

낯설어지면서 갱신되는 어떤 것을 생각하니 근사하다.

"모국어뿐만 아니라 모국적인 모든 상황에서 낯설어지게 될 때, 어떻게든 새로운 형식이 나오지 않을까 생각했지. 지금도 이 생각에는 변함이 없어. 새로운 예술형식은 한 인간의 형식이 변하지 않으면 나오지 않는 거야. 자신이 가지고 있는 고유의 형식이 낡아졌다고 느끼면, 의식적으로 그것을 갱신해야 한다고 생각해. 그때가 닥쳤을 때, 나는 가장 극단적인 방법을 택한 거고."

결국 누나만의 시를 발견하기 위해, 누나만의 시를 쓰기 위해 떠난 셈이네.

"한 사람의 재능은, 슬프게도 그것을 가진 사람이 다 알 수 있는 건 아니야. 그걸 잘 모르니 우리는 참, 우릴 쉽게 쓰는 것 같아. 나는 시라는 문명의 한 장르에 목숨을 건 대목이 있어. 그래서 떠났지. 정처 없어졌지. 그래서인지 인생의 어떤 순간을 시에 거는 사람을 보면 좋으면서도 쓸쓸하다."

대화 도중, 2012년 봄에 도착한 그의 이메일을 다시 읽는다.

"한국에서 독일로 돌아오면서 내가 왜 다시 이 긴 여행에 나섰는지 생각하는데 문득 오래전에 읽었던 시가 떠오르더라. 한국을 떠날 그 당시 아주 오랫동안 입안에 넣고 살았던 시. "숲은 아름답고 저물었고 깊은데,/그러나 나는 지켜야 할 약속이 있어,/잠들기 전에 가야 할 먼길이 있다,/잠들기 전에 가야 할 먼길이 있다."(로버트 프로스트, 「눈 내리는 저녁 숲가에 멈추어 서서」 부분) 어제 보르헤스가 이 시를 인용하는 대목을 읽는데, 문득 십수 년이나 되었지만 서울을 떠나오던 그 시간이 생각나더라. 아, 나는 나에게 약속한 게 있었구나, 하는 거."

약속이 지켜지던 순간들이 빈번했을 것이다. 잠들기 전에 지켜야 할 약속을 떠올리는 일, 가야 할 먼길을 헤아리는 일, 그리고 자기 자신에게 부끄러워지지 않겠다고 다짐하는 일을, 허수경은 독일에서 매일 하고 있었던 것이다.

많은 학문 중, 고고학을 선택한 특별한 이유가 있어?

"출국할 때, 막연히 고고학이나 예술사를 공부하려는 마음이 있었어. 독일에서 어학 과정을 마치고 시험을 봤지. 독일에서는 고고학도 굉장히 세분화되어 있어. 그중 고대 근동고고학을 선택했던 것이고."

어렵지는 않았어? 독일에서 공부하는 고고학을 떠올리니, 낯선 곳에서 더 낯선 곳을 찾아 떠나는 느낌이 들어. '헤맴'을 전제로 하는 모험 같달까.

"후회도 많이 했어. 발굴 작업이 힘들어서가 아니라 처리해야 될 고대어들이 너무 많아서. 그것들을 익히는 게 몹시 어려운 일이었거든. 쐐기문자부터 시작해서 라틴어, 고대 중국어, 수메르어까지…… 언어를 배우는 시간이 굉장히 길었지."

고대어들 익히랴, 공부하랴, 발굴하랴…… 시를 쓸 시간은커녕 시를 생각할 시간도 거의 없었겠네.

"논문 출판까지 다 마친 뒤, 정말이지 중요한 결정을 해야 했어. 고고학을 공부하러 독일에 왔지만, 이게 결국은 다 시 때문이었거든. 고고학도 만만한 게 아닌데, 알다시피 시쓰는 일도 결코 쉬운 게 아니잖아. 두 가지 중 하나를 선택해야만 하는 시간이 찾아왔지. 그래서 다시 문학으로 돌아간 거야. 대학 시스템이 가지고 있는 편협성 같은 것도 있었고…… 군이 대학에 계속 남아 있어야 할 필요성을 못 느꼈지."

부기附記: 어떤 의미에서는 뒤로 가는 실험을 하는 것이 앞으로 가는 실험과 비교해서 뒤지지 않을 수도 있다. 뒤로 가나 앞으로 가나 우리들 모두는 둥근 공처럼 생긴 별에 산다. 만난다, 어디에선가,*

시집 출간 간격이 길 때도 있었지만, 산문집이나 소설 등 꾸준히 글을 써서 책을 냈잖아. 외국에 있으니 외려 한국어에 갈급이 났을 것 같은데 어땠어? 독일어로 일상생활을 해나가면서 한국어로 사고하고 글을 써야 하는 데서 오는 괴리감도 있었을 거고.

"실은 항상 불안했어. 고백하자면, 언젠가는 내가 모국어에 대한 감각을 잃어버릴지도 모른다는 두려움이 굉장했

---

* 허수경, 「시의 말」 부분, 『청동의 시간 감자의 시간』, 문학과지성사, 2005.

지. 모국어의 층이 나도 모르게 점점 얇아지고 있다는 생각도 들 때도 있었고. 어쩌면 그 감각은 의도적으로 잃어버리려 애써야 하는 건지도 모르지. 새로운 것이 나오기 위해서는 필연적일 수도 있을 만큼."

언어를 통해 새로운 나를 발견하는 일이네. 아니면 새로운 나를 통해 기존의 언어를 들여다보는 일이거나.

"페르난두 페소아라는 포르투갈 시인이 있잖아. 그 사람이 생전에 이런 말을 한 적이 있어. '나는 포르투갈어로 시를 쓰지 않는다. 나는 나로 시를 쓴다.' 이 말이 내 경우에도 딱 맞아떨어지는 것 같아. 우리가 한국어라는 뜨거운 언어 공동체 속에 있긴 하지만, 결국은 '나'를 쓰는 거잖아. '나'라는 존재가 바로 언어지."

2012년 가을에 온 메일을 읽는다. 당시 나는 공익근무중이었다.

"그 와중에도 파울 첼란을 번역했고 틈틈이 카프카를 읽었어. 참 재미있지 않니. 20세기 문학의 가장 빛나는 순간 가운데 두 장면은 지루한 사무실에서 생산되었다는 것. 페소아가 그랬고 잘 알다시피 카프카 역시. 두 사람의 세계가 너무나 다르지만 미묘하게 닮아 있다는 느낌. 아마도 그들의 지옥처럼 단조로운 생활이 그로테스크한 감각으로 옮아가지 않았나, 싶어. 또 마음 아프게 읽은 것은 오시프 만델슈탐의 전기와 시집들."

허수경은 독일어로 사는 부분과 한국어로 사는 부분이 있다고 말했다. 한국어로는 고고학을 해본 적이 없어 독일어로 한다고 했다. 하지만 독일어로 된 문학책을 읽을 때는 한국어로 받아들인다고 했다. 뇌에서 정확히 어떤 작용이 일어나는지는 잘 모르지만, 그렇다고 했다. 그것이 자기 자신을 좀더 분명하고 생생하게 만들어준다고도 했다.

그리움이 가장 커질 때는 언제야? 그때 그 북받쳐오르는 감정을 어떻게 추슬러?

"늘 그리웠던 것 같아. 그 대상이 고국이든, 고향이든, 사람이든. 그래도 공부를 끝내고 돌아오려고, 참고 또 참았어. 그리움이 걷잡을 수 없이 커지면 밥을 지어 먹었어."

날씨가 추우면 뭐든 더 그리워지지 않아?

"응. 눈 내리는 것을 볼 때마다 아득해지잖아. 나는 늘 눈송이들이 어떤 마음을 나르고 있다고 생각했어. 차가운 것이 애가 타니 어쩔 수 없어지는 거지. 그때의 눈은 흡사 그리움의 결정結晶처럼 보이지. 극지방이 아닌 이상, 눈은 보통 며칠을 버티지 못하고 스르르 녹아버리잖아. 그리움도 다르지 않지. 서서히 옅어지지. 하지만 남아 있지. 그리고 반드시 다시 찾아오지."

옅어질지언정 끝끝내 남아 있는 것을 생각한다. 그 힘으로, 그것은 반드시 여기를 다시 찾을 것이다. 지금 내 옆에는 허수경이 낸 여섯 권의 시집이 있다.

누나 시집들을 찬찬히 다시 읽고 있어. 여섯 권의 시집이 참으로 놀라워. 계속해서 꾸준히 '다른 방식으로' 싱싱할 수 있다는 데서 말이야. 나도 모르게 불쑥불쑥 북받쳐오르기도 했고.

"그 말을 해주니까 참 반갑다. 나는 내가 내는 시집들이 일종의 콘셉트 앨범이라고 생각해. 비틀스라는 뮤지션이 내게 끼친 가장 커다란 영향도 바로 그거고.

맞네. 비틀스는 매 앨범을 콘셉트 앨범의 형식으로 발매했었지. 그때마다 하나의 세계를 만들어 그 속으로 유유히 걸어들어갔잖아. 〈Abbey Road〉 앨범의 아트워크처럼.

"그래서인지 내 경우에도 매 시집마다 독자들이 바뀌어. 그러니까 예전에 『혼자 가는 먼 집』을 읽던 독자들은 『내 영혼은 오래되었으나』를 안 읽어. 그 반대의 경우도 있고. 『빌어먹을, 차가운 심장』과 『누구도 기억하지 않는 역에서』는 지금까지와는 또다른 독자들을 찾아간 듯싶어서, 개인적으로는 무척 기뻐. 나는 여전히 내가 되어가는 중이니까, 부단히 '나'라는 언어가 되어가는 중이니까."

한때 그대도 여기에 있었으나

그러나 그러지 말아야 한다고 생각한 순간

이 자연은 과거가 되었고

지금 그대 없는 자연은

언어가 되었다[*]

---

[*] 허수경, 「여기에서」 부분, 『빌어먹을, 차가운 심장』, 문학동네, 2011.

누나, 지금은 한국도 독일도 아닌 곳에 가 있잖아. 거기는 어때?

"여기도 겨울이야. 겨울이면 눈이 내리겠지. 눈은 쌓이고 얼음이 되겠지. 얼음이 녹으면 물이 되고 그 물이 흐르기 시작하면 새봄이 될 거고. 그러면 나는 또 반가워하겠지. 순환은 사람을 설레게 하면서 동시에 안정되게 해주니까."

밥을 지어 먹었는데도, 배가 부른데도, 그때도 그리우면 어떻게 해야 할까?

"'……싶다'라는 말을 조용히 입안에 넣고 굴려봐. 그러다 보면 정다운 얼굴이 천천히 눈앞에 나타날 거야. 말은 신비한 구석이 있어서 정말로 그렇게 된다? 내가 얼마나 오랫동안 입안에서 '싶다'를 굴려봤겠니. 그러고도 그리우면 우주의 시간을 떠올려봐. 우주의 시간으로 보면, 우리가 만나고 이야기 나누고 서로 그리워했던 시간은 찰나에 지나지 않을 거야. 물론 아주 꽉 찬 찰나지. 그러니 나중에 우리가 만나면 얼마나 반갑겠니. 얼마나 벅차겠니."

먼 집을 향해 혼자 걸어가는 그를, 머릿속으로 그려본다. 울컥하다가 이내 울적해진다. 허수경은 혼자가 더 혼자가 되는 상태, 먼 집이 더 멀어지는 상태를 지향했다. "그것이 어떻게 가능해?"라고 물으면 슬며시 웃었다. 웃음에는 소금기가 가득했다.

서울 하늘 아래서 나직이 그의 이름을 부르면, 뮌스터 하늘 아래 있던 허수경이 움찔하는 상상을 하던 때가 있었다. 가능할 것 같았다. 그는 좀체 가만히 있지 못하는 시인이므로. 언제나 이동하는 시인이므로. 그리하여 변화하는 시인이므로. 심장처럼 붉게 피어났다가 박하처럼 하얗게 타오르는 시인이므로. 자신을 좋아하는 후배 시인들에게 "다들 폭발하세요"라고 수줍게 말을 건네는 시인이므로.

아팠을 때 그는 왜 말 안 했을까. 왜 멀리서 혼자 끙끙 앓았을까. 2014년 10월에 그가 보낸 이메일을 다시 읽으니 짐작할 수 있었다. "알프스의 어느 곳에서 첫눈이 온다는 기별을 듣다가 불현듯 네 생각을 한다. 고향에 턱, 하고 갈 수 없는 인간의 평범한 일들이 나에게도 있어서 멀리 있는 너와 벗들을 그리워하기만 한다. 그리워하니 무슨 일이 있는데 마치 아무 일도 없는 것처럼 하루가 간다." 그는 마지

막까지 평범하게 책 읽고 글 쓰고 자신의 '폭발'을 다하려고
했을 것이다.

2018년 2월, 허수경은 김민정 시인에게 위암 투병 소식
을 전했다. "민정아, 기회가 되면 여기저기 알려줘. 이유는
하나야. 내가 너무 많은 사랑을 받았어." 사람들의 간절한
마음이 한데 모여 전해질 때면, 그는 아이처럼 좋아하며 힘
을 냈을 것이다. 그 힘으로 다시 그리워하기 시작했을 것이
다. 그 시간은 실로 빽빽하고 찐득했을 것이다.

분명한 사실은, 우리가 지금 통과하는 시간 또한 집처럼
점점 더 멀어지게 된다는 점이다. 더 분명한 사실은, 시간이
아무리 멀어져도 우리는 더러더러 당신을 떠올리고 문득문
득 당신을 그리워할 것이라는 점이다. 그리움은 언제 어디
서나 가능하므로. 아무리 그리워해도 그리움의 대상은 닳
지 않으므로. 이 모든 걸 허수경이 말과 글로 가르쳐주었으
니, 우리는 그리움에 사무칠지언정 나약해지지는 않을 것
이다.

봄이다. 새봄이다. 그리움에 사무칠 때면 간곡한 마음으로 밥을 지어야겠다. 그가 '궁극의 맛'이라고 표현한 봄 미나리를 무쳐 함께 먹을 것이다. 고독을 맛보듯 오독오독 그것을 씹을 것이다.

나는 내 섬에서 아주 오래 살았다
그대들은 이제 그대들의 섬으로 들어간다

나의 고독이란 그대들이 없어서 생긴 것은 아니다
다만 나여서 나의 고독이다
그대들의 고독 역시 그러하다*

2018년 11월 20일, 북한산 중흥사에서 허수경의 사십구재가 있었다. '약력 보고' 때 읽었던 글을 덧붙인다. 누군가의 삶이 몇 줄로 정리될 수도 없고 정리되어서도 안 되지만, 허수경이 그간 펴냈던 시집들을 한 번씩 발음해보는 것으로도 내게는 어떤 울림이 있었다. 울림보다 더 큰 위로가

---

* 허수경, 「섬이 되어 보내는 편지」 부분, 『누구도 기억하지 않는 역에서』, 문학과지성사, 2016.

있었다.

허수경은,

1964년 경상남도 진주에서 태어났습니다.

대학에서는 국어국문학을, 대학원에서는 고대근동고고학을 전공하였습니다.

대학은 한국 진주에서, 대학원은 독일 뮌스터에서 다녔습니다.

1987년, 시인이 되었습니다.

이듬해에 첫 시집 『슬픔만 한 거름이 어디 있으랴』를 펴냈습니다.

2010년에 나온 이 시집의 개정판에서, 허수경은 '시인의 말'에 이렇게 적었습니다.

"시인으로서의 삶이 지난하다는 걸 모르고 열정만 가득하던 시절, 말의 어려움과 지난함과 지극한 가벼움과 가벼움 뒤에 서 있는 사랑과 삶을 알아보지 못하고 다만 젊어서 불렀던 노래들이 그 시집 안에는 담겨 있습니다."

젊어서 불렀던 그의 노래들은,

삼십 년이 지난 오늘도 여전히 젊고, 아프고 싱싱합니다.

그가 '지난함'과 '가벼움' 뒤를, 그리하여 세계의 비극과 불우한 일상을,

또박또박 기록해왔다는 사실도, 우리는 압니다만

잘 안다고 말할 수는 없을 것입니다.

1992년, 허수경은 두번째 시집 『혼자 가는 먼 집』을 출간합니다.

고향인 진주가 가장 낯설다는 허수경은, 늦가을에 독일로 떠납니다.

더 낯설어지기 위해서, 자신의 형식을 새롭게 만들기 위해서였습니다.

고고학을 공부했지만, 허수경은 시어와 영혼을 발굴하는 데 더 많은 심혈을 기울였습니다.

허수경은 '먼 집'은 여전히 멀리 있다고 믿었습니다.

점점 멀어지고 있다고 생각했습니다.

그래서 걸었습니다.

계속 걸었습니다.

독일에서 살면서 세번째 시집 『내 영혼은 오래되었으나』를 출간합니다.

2010년, 구 년 만이었습니다.

고고학을 할 때는 독일어로 살고, 시를 쓸 때는 한국어로 살았습니다.

2005년, 네번째 시집 『청동의 시간 감자의 시간』을 펴냈습니다.

여전히 독일에 머무르고 있었습니다.

그렇지만 허수경은 옛날로 거슬러올라가면서, 역설적으로 앞날을 내다보려 애썼습니다.

그리움이 짙어져 한국에 돌아오고 싶을 때면 밥을 지어 먹었습니다.

2011년 초, 다섯번째 시집 『빌어먹을, 차가운 심장』이 나오고 허수경은 한국 땅을 밟았습니다. 십 년 만이었습니다.

독일도 외국이고, 한국도 외국이라고 느꼈습니다.

2011년 말, 장편소설 『박하』를 출간하고 허수경은 한국을 다시 찾았습니다.

말을 잊어버리고, 그 말을 또 잃어버리는 것이 겁나서, 한 자 또 한 자 쓰기 시작한 것이 바로 소설이었습니다.

독일로 다시 돌아가기 전날, 제가 물었습니다.

"다시 올 거지?"

허수경은 또박또박 이렇게 대답했습니다.

"사람 일은 모르는 거지."

2016년, 여섯번째 시집 『누구도 기억하지 않는 역에서』가 출간되었습니다.

이십 년을 훨씬 넘게 타국에서 살았지만, 허수경은 공간이 아닌 시간을 사는 것 같다고 말했습니다.

그 낯섦이, 그 무시무시함이 계속 쓰게 하는 힘이라고 덧붙였습니다.

그리움으로 회귀하면서도 희망을 끝내 저버리지 않은 것처럼 말입니다.

푹푹 꺼지는 땅 위에서 걸어가는 사람이 거기 있었습니다.

허수경에게 시란 무엇인지 물은 적이 있었습니다.

허수경은 이렇게 답했습니다.

"시란, 더이상 물러설 수 없는 삶의 내용이지. 시인은 탄생과 탄생을 거듭하다가 어느 날 폭발해버리는 존재고."

허수경의 시집 제목들을 또박또박 다시 읽어봅니다.

『슬픔만 한 거름이 어디 있으랴』

『혼자 가는 먼 집』

『내 영혼은 오래되었으나』

『청동의 시간 감자의 시간』

『빌어먹을, 차가운 심장』

『누구도 기억하지 않는 역에서』

슬프고, 멀고, 오래되고, 아래에 있어 보이지 않고, 차갑고, 소외된,

그런 곳에서 허수경은 시를 썼습니다.

생전에 동서문학상, 전숙희문학상, 이육사문학상을 수상했습니다.

2018년 10월 3일, 하늘이 열리던 날,

차가운 심장을 가진 가장 뜨거운 별이 되었습니다.

2018년 11월 20일, 사십구재에 맞춰

소설 『모래도시』의 개정판 『모래도시』와

에세이 『모래도시를 찾아서』의 개정판 『나는 발굴지에 있

었다』가 출간되었습니다.

『나는 발굴지에 있었다』에 실려 있는 작가의 말 일부를 읽

으며 약력 보고를 갈음하고자 합니다.

"개나리 노란 한숨,

저 바람이 스치며 간다.

노란 한숨이 아직은 작게 내려오는

봄빛 아래에서

바람이 스친, 아린 자리를 쓰다듬으며

허공에 머물러 있다.

사랑한다, 라고 말할 시간이 온 것이다.

아무도 사랑하지 않은 시간은 없었다고

말할 시간이 온 것이다."

오.발.단 : 새봄

오늘 발견한 단어는 '새봄'이다. 수경 누나는 봄이라고
말한 뒤, 꼭 새봄임을 덧붙이곤 했다. 나중에야 알았다.
새봄은 있지만 새여름, 새가을, 새겨울은 없다는 사실
을. 새봄에는 두 가지 뜻이 있다. 첫번째는 "겨울을 보
내고 맞이하는 첫봄", 두번째는 "새로운 힘이 생기거나
희망이 가득 찬 시절을 비유적으로 이르는 말"이다. 그
가 처음 봄이라고 말할 때는 새봄의 첫번째 뜻으로, 다
음에 힘주어 말할 때는 새봄의 두번째 뜻으로 얘기했던
것 같다. 겨울을 보내고 첫봄을 맞이할 때, 새로운 힘과
희망을 양손에 하나씩 사이좋게 쥐고 시작하라고. 오
늘은 국제 간호사의 날, 보살피고 돌보는 일이야말로
새로운 힘과 희망을 심어주는 일일 것이다.

5
월
13
일

에세이

사 년 전 오늘, 신문에 발표한 글을 다시 읽는다. 그때와 지금, 자잘하게나마 많은 것이 달라졌을 것이다. 그러나 다행히도(?) 아직 시를 모른다. 다행히도(!) 평생 모를 것 같다.

몰라서 좋은 일

책을 읽다 오랜만에 "모르는 게 약이다"라는 속담을 만났다. 알다시피 전혀 알지 못하면 오히려 마음이 편하다는 뜻이다. 그런데 저 약이 병을 낫게 하는 약藥이 아니라, 비위가 상해 은근히 화가 날 때 받치는 약처럼 느껴졌다. '약오르다' 형태로 주로 쓰이는 약 말이다. 하나라도 더 알겠다고 아등바등하던 어린 시절이 자연스럽게 떠올랐다. 지식에 대한 열망 때문이 아니었다. 친구들의 대화를 토씨 하나까지 놓치고 싶지 않았다. 화장실에 다녀오는 사이에 뭔가 재미있는 이야기가 오갈까봐 전전긍긍했다.

나는 친구들을 모아놓고 시도 때도 없이 "너는 무슨 색을 좋아해?"나 "학교 끝나고 뭐 할 거야?" 같은 질문을 던졌다. 맥락이 없었다. 또랑또랑한 눈빛과 목소리 때문일까. 친구들은 우물쭈물하다가 황급히 답을 내놓았다. 그러면 또 해당 색을 좋아하는 이유에 대해 물었다. "그냥 좋아"라는 답변은 받아들이지 않았다. "세상에 이유 없이 벌어지는 일은 없대." '없어'가 아닌 '없대'라는 종결 어미를 사용함으로써, 나는 권위를 확보하는 것도 잊지 않았다. "누가 그래?"라고 반문했다면 아무 말도 하지 못했을 것이다.

다소 저돌적인 친교 방식 때문에 나는 친구들의 생일을 머릿속으로 다 기억할 수 있게 되었다. 그러나 그것이 우리의 거리를 가깝게 해주는 것은 아니었다. 친구가 넘어지면 얼른 달려가 부축해주는 것이 친구의 역할일 것이다. 넘어진 친구 앞에서 "너는 빨간색을 좋아하고 가을에 태어났잖아"라는 말은 아무 소용이 없다. 친해지고 싶은 마음만 커다란 나머지, 다가가기에만 급급했다. 친구를 이해하기보다 친구에게 나를 이해시키려고만 했다. 너에 대해 이렇게나 많이 알고 있는 나를 알아달라고.

아홉 살 때였다. 친구와 가족 이야기를 하다가 우연히 친구의 엄마가 돌아가셨다는 사실을 알게 되었다. 엄마 얘기를 꺼낼 때마다 표정이 어두워지던 것이 퍼뜩 생각났지만, 그런 이유라고 감히 짐작조차 하지 못했었다. 그때 어떤 거리가 생겼다. 그것은 비단 친구와 나 사이의 거리가 아니었다. 그것은 나와 나 사이의 거리이기도 했다. 모르는 것만큼이나 아는 것이 두려워졌다. 모를 때는 거리낄 것도, 책임을 질 필요도 없었는데 알고 난 후에는 가슴에 돌이 하나둘 쌓이는 느낌이 들었다. 어른들이 "넌 몰라도 돼"라고 말할 때마다 투정을 부리곤 했던 나는, 이제 같은 말을 듣고도 순순히 고개를 끄덕이게 되었다.

사춘기가 찾아왔을 때, 나를 찍어누르던 말은 "그것도 몰라?"였다. 몰라도 된다고 했던 사람들이 그것도 모르냐고 윽박질렀다. 공부만 열심히 하면 된다고 했던 사람들이 급히 방향을 틀어 세상 물정을 모른다고 조롱하기도 했다. 무엇은 꼭 알아야 하고 어떤 것은 몰라도 되는지 알 수 없었다. 나만 모른다는 사실에 잔뜩 약올랐다가도 아는 것이 그렇게 대단한 것인지 의심하는 버릇이 생겨났다. 정작 내가 몰랐던 것은 나 자신이었다. 무엇을 하고 싶은지, 어떤 삶을 살고 싶은지 한 번도 진지하게 고민하지 않았던 것이다. 그제야 "나는 무슨 색을 좋아하지?"나 "학교 끝나고 뭐 하지?" 같은 심상한 질문을 스스로에게 던지기 시작했다.

성인이 된 후, 알다가도 모르겠는 일들이 늘었다. 철석같이 믿었던 사람에게 철퇴를 맞기도 하고 당연한 것이 더이상 당연하지 않은 경우도 생겨났다. 알아도 입을 다물어야 하거나 모른다는 사실을 숨겨야 하는 때가 늘었다. 알고 싶은 것이 참 많았던 나는 머릿속에 모르고 싶은 것들을 모아놓는 방을 따로 만들었다. 몰라도 아는 척하던 사람이 몰라서 궁금해하는 사람이 되었다. 알기 위해 주위를 시종 귀찮게 하던 사람이 몰라서 기꺼이 상상해보는 사람이 되었다. 그때, 모르는 것은 확실히 약藥이었다.

그러고 보니 나는 시가 뭔지 몰라도, 아니 시가 뭔지 몰라서 그것을 쓴다. 몰라서 좋은 일이다.

오늘 발견한 단어는 '비거스렁이'다. "비가 갠 뒤에 바람이 불고 기온이 낮아지는 현상"을 가리키는 말이다. 비가 오기 전의 날씨와 비가 온 후의 날씨 사이에 "거스르다"가 있는 셈이다. '비거스렁이하다'라는 동사로 활용되기도 한다. 문제는 일상에서 "한바탕 쏟아붓더니 비거스렁이하네"처럼 이 단어를 구사하기 쉽지 않다는 점이다. 상대는 십중팔구 "비거 뭐?"라고 되물을 것이다. 몰라서 쓰는 시처럼, 알아도 쓰지 못하는 단어가 있다.

시

얼마 전, 비자림에 다녀왔다. 비자림은 우리 가족이 제주도 여행을 했을 때 처음 방문한 곳이기도 하다. 숲길을 거닐며 "참 좋다"만 연발하던 그때와는 달리, 이번에는 시쓰기 워크숍을 진행해야 했다. 비자림에서 '오늘 한 장면'을 찾은 뒤 그것을 밑거름 삼아 시를 써보기로 했다. 비가 내리는 비자림은 을씨년스러웠다. 그래서인지 곳곳에 있는 표지판과 경고문이 예사롭게 보이지 않았다. 하라는 것도 많고 하지 말라는 것은 더 많았다. 진행자지만 참가자의 마음으로 나도 시 한 편을 썼다. 이 시는 비자림에 있는 표지판 문구들로 이루어졌다.

숲이 명령함

열매를 따지 마세요

기대지 마세요

담배를 피우지 마세요

문화재보호법 제103조 5항을 기억하세요

안으로 들어오지 마세요

비자나무숲의 주인공은 비자나무예요

유모차는 안 돼요

휠체어도 안 돼요

기대지 마세요

돌담이 무너질 수 있어요

올라가지 마세요

벼랑에서 돌이 떨어질 수 있어요

천남성 열매를 먹지 마세요

독이 있어요

들어오세요

산불을 조심하세요

뱀과 벌을 주의하세요

물 수 있어요

쏠 수 있어요

머리를 조심하세요

나무에 이마를 찧을 수 있어요

새천년 비자나무 앞에서 사진을 찍으세요

비바람이 들이쳐도 웃으세요

바람비가 쏟아져도 미소를 유지하세요

나뭇잎 떨어지듯 자연스럽게 브이 자를 그리세요

결국 남는 건 사진이에요

에어건을 소중히 다루세요

공기를 압축하는 과정에서

따뜻한 바람이 나올 수도 있어요

사용 후 반드시 정지 버튼을 눌러주세요

꼭 제자리에 놓아주세요

안녕히 가세요

천년의 숲 비자림과 함께하는
즐거운 힐링 시간이 되셨습니까?

그렇다고 말하세요
오늘을 평생 기억하세요

─────(오.발.단 : **손톱독**)─────

오늘 발견한 단어는 '손톱독'이다. 식품 안전의 날이기
도 한 오늘, 독이 있다는 천남성 열매가 왠지 무섭게 느
껴져 독으로 끝나는 단어를 찾다가 발견했다. 천남성
열매는 사약의 재료로 쓸 만큼 독성이 강하지만, 법제
法製해서 약재로 사용한다고도 한다. 독약毒藥이 한 단어
인 이유가 이해된다. 한편, 손톱독은 "살이나 다친 부위
를 손톱으로 꼬집거나 긁어서 생긴 독기"를 일컫는다.
자연스럽게 "엎친 데 덮친 격"이나 "긁어 부스럼"이라는
표현이 떠오른다. 모기가 득세할 시기가 머지않았다.

손톱독이 오르지 않게 마음을 다잡아야겠다.

5
월
15
일

에세이

오늘은 스승의날이자 부처님 오신 날이다. 엄마는 아침 일찍 절에 가셨을 것이다. 스승과 부처를 동시에 생각하니 자동으로 '자비'가 연상된다. 스승의 자비는 남을 깊이 사랑하고 가엾게 여기는 데서 오고 부처의 자비는 중생에게 즐거움을 주고 괴로움을 없애기 위해 베풀어진다.

얼마 전 '자기 자비self-compassion'라는 개념을 알게 되었다. 이는 실패했거나 고통스러운 순간에 과도한 자기 비난에 빠져드는 대신, 온화한 태도로 스스로를 돌보는 태도를 가리킨다. 모르면 몰라도 자신의 마음을 제대로 알려는 이만이 자기 자비를 발휘할 수 있을 것이다. 고마움을 전하거나 자기 자비를 발휘하고 싶을 때, 꽃만한 선물이 또 없을 것이다.

봄꽃을 건네는 각별한 마음

봄과 어울리는 동사를 떠올린다. 열다, 싹트다, 자라다, 시작하다, 피어나다…… 앞 문장에서 사용한 '떠올리다' 또한 봄과 어울리는 동사다. 봄의 생장력 앞에서 청춘을 떠올리지 않기란 쉽지 않으니까. 결심이 비로소 움직임으로 이어지는 시기가 어쩌면 봄일 것이다. 누군가에게 봄꽃을 선물한다는 것은 시작을 응원하겠다는 각별한 마음을 건네는 것이기도 하다. 봄이 오면 으레 새기는 문장이 있다. 꽃이든 사람이든, 지기 전에 먼저 피어야 한다는 것. 봄에 선물하기 좋은 꽃을 살피는 일은 피자고, 함께 피어나자고 미리 속삭이는 일이기도 하다.

1. 튤립

튤립을 처음 봤을 때 소리 내어 말했다. "아, 예쁘다." 유치원 소풍 때였던 듯싶은데, 흰색, 노란색, 분홍색, 보라색의 꽃에 잠시 홀렸던 것도 같다. 아플까봐, 다칠까봐 차마 만지기도 겁났다. 나중에 '우아하다'라는 단어를 배웠을 때 가장 먼저 떠올린 꽃도 바로 튤립이었다. "고상하고 기품이 있으며 아름다운" 꽃이 내게는 튤립이었다. 튤립의 나라로 알려진 네덜란드에서는 매년 봄이면 정원에 한가득 튤립이 핀다고 한다. 그 장면을 떠올리는 것만으로도 가슴에 불이 붙는다. 송이송이 바라볼 때는 수줍던 것이 정원에 만발하면 웅성웅성 다양한 이야기를 들려줄 것만 같다. 얼마 전 친구로부터 튤립은 색깔마다 꽃말이 다르다는 얘기를 들었다. 빨간색 튤립은 열정적인 사랑을 뜻하는 데 반해 노란색 튤립은 이루어질 수 없는 사랑을 의미한다고 했다. 선물할 때만큼은 튤립 색을 유심히 살펴야 할 것이다. 선물을 주는 사람도, 그것을 받는 사람도 둘 다 우아하게 만들어주는 꽃이 바로 튤립이다.

2. 프리지어

봄을 알리는 색깔은 뭐니 뭐니 해도 노란색이다. 길을 거닐 때 영춘화와 개나리를 보면 마음이 바빠진다. 발을 동동

구르게 된다. 봄이 오기 전에 마쳤어야 하는 일들이 머릿속에 난개하는 것이다. 연노랗고 샛노란 것들이 담장을 수놓는 모습을 볼 때면, 노란 꽃은 봄을 알리는 동시에 봄을 반기는 역할 또한 수행하고 있다는 생각이 든다. 그럴 때면 꽃집에 들어가 프리지어 한 다발을 산다. 저렴한 것도 장점이지만, 어떤 꽃집에 들어가도 어렵지 않게 구할 수 있어서이기도 하다. 활짝 핀 프리지어는 금방이라도 스프링처럼 튀어오를 것만 같은 천진난만함을 선사한다. 노란 꽃망울이 초록 꽃대에 맺혀 있는 모습은 '직전'이 갖는 두근거림을 품게 만든다. 봄철에도 잘 익은 벼이삭을 떠올릴 수 있음은 물론이다. 나를 위해 가장 많이 사는 꽃도 프리지어다. 저렴해서가 아니다. "새로운 시작을 응원합니다"라는 꽃말 때문이다. 프리지어는 새해에 했던 다짐을 곱씹게 하며 한봄에 다시 한번 나를 일으켜세운다.

3. 작약

작약은 신비로운 꽃이다. 꽃잎이 적은 것도 있고 풍성한 것도 있다. 그러나 탐스럽지 않은 작약은 없다. 비밀한 사연을 겹겹이 떠안거나 껴안고 있는 것처럼 보인다. 그것은 미처 전하지 못한 고백 같기도 하고, 아직 세상에 내보이지 않은 잠재력처럼 느껴지기도 한다. 소담한 꽃봉오리일 때부터 시든 뒤 낱낱의 잎으로 떨어질 때까지, 매 순간 각기 다른 매력을 보여주는 꽃이다. 유희경의 시집 『오늘 아침 단어』(문학과지성사, 2011)에는 「심었다던 작약」이라는 제목의 시가 있다. 그 시에 등장하는 다음 구절은 작약이 품고 있는 특유의 환함을 고스란히 보여준다. "네가 심은 작약이 어둠을 끌고 와 발아래서 머리 쪽으로 다시 코로 숨으로 번지며 입에서 피어나고, 둥근 것들은 왜 그리 환한지 그게 아니면 지금을 어떻게 설명해야 하는지". 복을 눈으로 볼 수 있다면, 그것은 분명 환하고 동그랄 것이다. 작약을 선물할 때마다 복을 건네는 마음이 되는 것도 이 때문이다. 받자마자 걷잡을 수 없이 차오르는 마음은 설명될 수 없는 마음, 설명하지 않아도 되는 마음이니까.

4. 카네이션

본디 여름꽃으로 알려졌지만, 봄에 더 많이 찾게 되는 꽃이 카네이션이 아닐까 싶다. 온실 재배 덕분에 감사함을 표하는 자리에는 늘 카네이션이 있었다. 굳이 어버이날과 스승의날을 이야기하지 않더라도, 고마운 상대에게 건네는 꽃다발에는 어쩐지 꼭 카네이션을 넣어야 할 것 같다. 부모 님과 선생님께 달아드렸던 카네이션은 으레 빨간색이었는 데, 그도 그럴듯이 빨간 카네이션은 존경과 사랑을 의미한 다고 한다. 한편, 미국에서 분홍색 카네이션은 어머니날을 상징하는 꽃이라고도 한다. 헌신의 의미도 있다고 하니, 결 혼기념일에 서로 주고받기에도 안성맞춤인 꽃이다. 카네이 션을 생각하면 가장 먼저 꽃잎의 주름이 선명하게 그려진 다. 주름이 상징하는 기나긴 시간, 어쩌면 이를 생생하게 기 억하기 위해 우리는 카네이션을 선물하는 것이 아닐까.

5. 히아신스

알뿌리 식물로 잘 알려진 히아신스에 매료된 것은 향 때 문이었다. 히아신스 특유의 달콤한 향은 계속해서 코를 킁킁거리게 했다. 달콤함뿐만 아니라 그윽함까지 가지고 있어 누군가가 자꾸 떠올랐다. '어디서 맡아본 향이었는 데……'라기보다 '이 이상야릇한 낌새에 어울리는 사람이 있었는데……'에 더 가까운 냄새다. 그래서인지 히아신스 와 한 공간에 있으면 그리운 누군가가 자연스럽게 소환되었다. 꽃의 색깔에 따라 향의 진하기가 다른 것도 히아신스의 특징이다. 모든 사람을 똑같은 정도로 그리워하는 것은 아니라는 점을 일깨우듯 말이다. 푸른색 히아신스의 향이 가장 강한데, 향을 맡고 있노라면 문득 어디론가 떠나고 싶다는 생각이 든다. 말하지는 않아도 누구나 그리운 이와 함께했던 그때 그곳을 떠올릴 것이다. 흐릿한 기억이 강렬한 향 덕분에 점점 선명해지니 말이다. 애타게 그리워만 하다 오랜만에 만나는 사람에게 히아신스만한 선물이 또 있을까. 버려지지만 않는다면, 달콤한 향으로라도 한동안 그 사람 곁에 남아 있을 수 있을 테니 말이다.

6. 라넌큘러스

다발이 아닌 한 송이를 선물할 때면 나는 고민 없이 라넌큘러스를 고른다. 한 송이만으로도 충분한 느낌, 한 송이여서 왠지 더 오롯한 느낌 때문이다. 제 꽃말처럼 '매혹'적인 라넌큘러스는 왠지 다른 라넌큘러스와 그 매력을 나누고 싶어하지 않을 것 같다. 돋보이고 싶어한다기보다는 홀로 있고 싶어한다는 느낌에 더 가깝다. 개구리를 뜻하는 라틴어 '라이나'에서 꽃 이름이 유래했다고 하는데, 주로 연못

이나 습지에서 자라기 때문이라고 한다. 수백 장의 꽃잎이
포개어져 꽃망울을 이루는데, 꽃잎 한 장 한 장에 사연이 깃
들어 있을 것만 같다. 열 길 물속은 알아도 한 길 사람의 속
은 모른다고 하는데, 라넌큘러스의 속도 헤아리기 힘들다.
그러나 상대를 다 알게 되었을 때 허망할 때도 있으므로 이
'모름'을 기꺼이 받아들이기로 한다. 문득 화려한 인상 속에
감추어진 이야기가 궁금하다. 가까워지고 싶은 누군가가
생겼을 때, 라넌큘러스를 선물하는 것은 어떨까. 당신을 알
고 싶다고, 이제 당신의 이야기를 내게 들려달라고.

오.발.단 : 꽃바람

오늘 발견한 단어는 '꽃바람'이다. "꽃이 필 무렵에 부는
봄바람"을 가리키는 이 단어는 생각만으로도 기분 좋
아진다. 한편 '바람꽃'은 "미나리아재빗과에 속한 여러
해살이풀"을 뜻하는 동시에 "큰 바람이 일어나려고 할
때 먼산에 구름같이 끼는 뽀얀 기운"을 일컫기도 한다.
이 둘을 합쳐 '바람꽃바람'이라는 단어를 만들 수도 있
지 않을까. 콧바람이든 꽃바람이든, 바깥으로 나가게

만든다는 점만은 분명하다. 자비의 손길로 우리를 일
으키는 바람들이 있다.

담소

2018년 5월 16일은 『시인수첩』으로부터 원고 청탁 메일을 받은 날이었다. 당시 출판사의 보도자료에는 이렇게 쓰여 있다. "특별한 관계를 맺고 있는 두 시인이 만나 시와 삶, 작가로서의 근황에 대해 담소를 나누며 각자 신작 시를 발표하는 지면 「시인 대 시인」은 이번 호에 허연, 오은 시인을 모셨다. 허연 시인이 '특별히 아끼는 후배'로 지목한 오은 시인은 허연 시인의 시에서 '고독'을 읽고, 허연 시인은 오은 시인에게서 '유니크'의 위력을 본다." 당시 나눈 이야기에서 여전히 인상 깊은 물음과 답변을 편집해서 싣는다. 평소에 나는 허연 형과 반말로 대화하는데, 지면을 의식했는지 필담 인터뷰는 존댓말로 진행되었다. 코너 이름이 '사람 대 사람'이 아닌 '시인 대 시인'이어서였을까. 이 이질감이 유독 애틋하게 느껴진다.

망치 시인과 대패 시인이 만난 날

『시인수첩』을 통해 허연 선배님과 이런 시간을 갖게 되어 영광입니다. 저를 콕 찍어서 파트너로 추천하셨다고 들었습니다. 감사합니다. (웃음) 평소 허연 선배의 시를 이루는 뿌리는 고독이라고 믿고 있습니다. 그런데 그 고독은 어디에서 발아하는 것일까요? 최근 들어 이 고독을 그리움의 정서가 감싸안는 것 같다는 생각이 듭니다.

허연 ┃ 바쁜 사람의 시간을 뺏는 어려운 부탁이었을 텐데, 마다하지 않고 응해줘서 고마워요. 제가 아주 특별히 아끼는 후배라 선뜻 추천했어요. (웃음) 이렇게 얼굴을 보니 더 반갑네요.

질문에 대해 본격적으로 답을 하자면, 누구나 알다시피 인간은 고독하죠. 누구도 나 대신 아파하거나 소멸할 수 없습니다. 이렇게 자명한 이치에도 불구하고 인간은 여러 가지 장치를 만들어 이것을 감추기에 급급합니다. 나약하면서도 전략적인 선택이죠. 약속이니 우정이니 연대니 사랑이니 신념이니 동지니 이런 것들로 고독을 감춥니다. 하지만 이런 것들의 실존적 한계는 분명하죠. 단 열흘만 굶어도 이런 고차원적인 감정들은 순식간에 사라지니까요.

인간이 수행하는 가장 잔혹한 행위인 전쟁의 본질도 그렇습니다. 국가가 있고 신이 있으니 죽어도 죽는 게 아니라고, 절대 혼자가 아니라고 젊은 청년들을 속여서 죽음으로 몰고 간 행위가 바로 전쟁 아닐까요.

인간은 혼자입니다. 저는 혼자라는 막막함 때문에 뭔가 쓰기 시작했던 것 같아요. 혼자라는 걸 확인하는 순간순간의 두려움이 컸던 거죠. 거울이 필요했던 것인지도 모르겠어요. 내가 뭘 하고 사는지 내가 어떻게 아파하는지, 어떻게 굴욕을 경험하고, 어떻게 욕망 앞에 서는지를 거울에 비추는 일. 그것이 시쓰기였습니다. 고독한 자의 거울, 내게, 시는, 그랬습니다.

저도 요 며칠 오은 시인의 작품을 촘촘하게 살펴 읽었어요. 제가 생각하기에 오은 시의 가장 큰 위력은 유니크인데. 그 유니크를 의식하면서 시를 쓰나요?

첫번째 시집을 내고 나니, 제 시를 말할 때 언어유희나 말놀이라는 용어가 빠지지 않더라고요. 어쩌면 그것이 제 시작詩作에서 가장 도드라지는 요소일 테니 말입니다. 실제로 시 창작 현장에서 그리 중요하게 생각되지 않는 부분이기도 하고요. 그 때문에 언젠가부터 유니크하다는 평을 듣기 시작한 것 같은데, 어느 날 돌이켜보니 제가 좋아하는 시와 시인들은 모두 어떤 식으로든 유니크하더라고요. (웃음)

이를 단순히 별나다거나 독특하다고 한데 묶어 말할 수는 없을 것 같아요. 그들은 모두 자기만의 방식으로 시를 쓰는 사람이고, 이를 굳이 다른 말로 표현하자면 시 속에 자기 자신만의 스타일이 담겨 있다는 거니까요. 좋은 시는 어떤 면에서는 모두 유니크하다고 생각합니다. 시선이든, 표현이든, 자주 등장하는 단어든, 시적 화자와 시인 사이의 거리에서 오는 기묘한 긴장감이든. 저는 스타일이 지문이나 그림자 같다는 생각을 해요. 한번 생겨나면 쉽게 지워지지 않는 것, 섣불리 몸에서 떨어지지 않는 것 같다고요.

허연 선배에게 이 세계는 불화하는 대상이자 현장으로 읽힙니다. 이것이 선배의 시쓰기에 어떤 영향을 끼쳤나요?

허연 | 난 철저하게 인간과 인간이 만든 사회를 불신합니

다. 인간은 그저 자신의 생명을 지키고 욕망을 채우기 위해 행동할 뿐이죠. 레비스트로스를 놀라게 했던 귀부인의 변신, 즉 배가 출항할 때는 그렇게 우아했던 귀족들이 항해가 길어지고 상황이 악화되자 씻지도 않고 아무데나 배설하는 유인원처럼 변해가는 모습을 굳이 거론하지 않더라도 인간은 생존 기계에 불과하죠.

인간사에서 조금이라도 평화가 지켜지는 것은 자기가 사는 데 필요한 약간의 비무장지대가 필요하기 때문입니다. 사람들이 지나치게 정의를 외치는 건 스스로 정의에 자신이 없기 때문이죠. 그 외침 속에서 적당히 자신의 정의롭지 못함을 치유받거나, 혹은 남을 악마로 만들어 자신을 대속代贖하게 만든다고 생각해요.

오은 시인은 자신의 시를 이해 못하는 사람을 보면 어떤 생각이 드나요? 여전히 세상에는 시가 일반 상식이기를 바라는 사람들이 많은 것 같아서 하는 질문입니다.

솔직하게 말해도 되죠? 아무렇지도 않아요. (웃음) 이해 받고 못 받고는 제게 그리 중요하지 않아요. 물론, 이해하지 못한다는 이유로 무분별한 비난을 퍼붓거나 억지로 비판하는 경우는 얘기가 좀 다르겠지만요. 시가 잘 읽히고 쉽게 이해된다는 것은, 해당 시가 그만큼 편평하다는 얘기도 되잖아요. 개인적으로는 편평한 시보다는 요철이 있는 시가 좋아요. 그래야 읽을 때마다 새로운 것이 보이니까요. 산책할 때의 즐거움도 여기서 나와요. 어제는 보이지 않던 것이 오늘 보일 때, 지난주에 봤을 때와 조금 달라진 구석이 나타날 때 속으로 쾌재를 부르거든요.

그러니까 문제는 결국 애정 같아요. 시를 찬찬히 들여다보겠다는 마음 같은 거죠. 좋아하는 사람이 생기면 그 사람에게서 남들은 쉽게 보지 못하는 걸 보게 되잖아요? 심지어 개중 어떤 것은 당사자조차 평소에 인지하지 못했던 것이기도 하고요. 시도 마찬가지 같아요. 무뚝뚝하게 시를 대하는 사람이나 날카로운 눈초리로 바라보는 사람보다는 시를 있는 그대로 받아들이고 한 문장 한 문장 호흡하듯 따라가는 사람에게 더 많은 것이 보이는 듯해요. 반대로 시를 완벽히 이해하겠다는 강박이나 완전히 장악하겠다는 욕심이 외려 시를 읽는 데 장벽으로 작용하기도 하고요.

「두려운 방」(『당신은 언제 노래가 되지』, 문학과지성사, 2020)에는 과거에 신부가 되려고 결심했던 허연이 등장하는 것 같아요. "나는 그 방에서 어른이 되었던가/그 방을 나왔던가?/아니면 아직도 그 방에 있는가?"로 끝나는 마지막 연에서 오래 머물렀습니다. '그 방'의 존재가 허연 선배를 시인으로 만들기도 했을 텐데, 귀납적으로 접근하면 선배를 시로 이끈 것도 어쩌면 신앙이 아니었을까 하는 생각이 들었습니다. 현실은 상상 이상으로 누추하니까요, 비루하니까요, 엉망진창이니까요.

허연 | 저는 영성을 믿습니다. 이런 모습 저런 모습으로 구체적인 형상과 호칭이 유통되는, '만들어진 신'을 믿는다기보다는 인간이 규명하지 못한 우주 물질이 95퍼센트나 된다는 사실을 믿습니다. 인간은 우주 물질의 5퍼센트밖에 규명하지 못했죠.『신의 존재를 과학으로 입증하다』(물병자리, 2016)라는 책을 쓴 김송호 박사의 말을 빌리면, "신은 방향성이 있는 에너지"입니다. 저는 그 에너지가 우주에 존재한다는 사실을 믿습니다.

인간의 눈에 보이지 않는, 인간의 귀에 들리지 않는 세상이 있습니다. 우리가 흔히 말하는 '느낌'도 바로 눈에 보이거나 귀에 들리지는 않는 세계라고 할 수 있죠. 그런데 그 느낌이 어떤 일을 벌입니다. 저는 인간의 말보다 바로 그 '느

낌' 같은 것을 신봉하는 입장입니다. (웃음)

어렸을 적부터 해온 신의 존재에 대한 고민이 저를 '느낌'이라는 세계로 안내한 것 같아요. 그 '느낌'은 영성의 한 부분이고, 내 시의 주술 같은 것이기도 하죠. 저는 일반 상식을 시로 쓰는 사람을 이해하지 못해요. 창작자만의 느낌이나 영감, 이미지가 아닌 현실은 일반 상식에 불과하다고 생각하니까요.

'단독자' 허연의 시는 그렇게 시작되었군요. 눈에 보이지 않고 귀에 들리지 않는 세상을 가늠하면서, 난데없이 찾아드는 느낌에 선선히 사로잡히면서.

허연 │ 저는 시작부터 단독자가 되지 않을 수가 없었어요. 그저 혼자서 읽고 혼자서 썼어요. 등단하고도 청탁 한 번을 받은 적이 없었습니다. 그러다 1990년대 초 문득 첫 시집 『불온한 검은 피』를 냈는데, 비난이 쏟아졌어요.

지나치게 도시적이라는 비난부터, 무국적이네, 현실을 무시한 예술지상주의자네…… 뭐 이런 비판을 받았죠. 심지어 시 제목을 왜 영어로 쓰느냐는 비판도 받았습니다. 시의 후렴구에 샹송의 후렴구를 빌려 썼다고 서구 사대주

의자라는 말도 들었어요. 난 그들을 이해할 수 없었습니다. 그들은 공부가 편협되어 있었고, 지능지수가 너무 낮았어요.

저는 내 노래를 부르고 싶었어요. 그래서 살아 있는 자들을 존경하지 않았고, 닮으려고 하지 않았어요. 불행인지 다행인지 누구에게 시를 배운 적도 없었습니다. 문창과를 다니긴 했으나 그냥 무중력 상태로 왔다갔다했을 뿐이었죠. 늘 내 세계에 빠져 있었어요. 그래서 잃은 것도 있고 얻은 것도 있습니다.

저는 학창 시절 이후 동인을 해본 적도 없고, 편집위원을 해본 적도 없어요. 모여서 목소리를 내는 것 자체에 익숙지 않아서요. 그러다보니 누구를 가르치거나 심사하거나 평가할 일도 거의 없습니다. 사실은 제가 제 세계를 구축했는지도 알 수가 없어요. 그냥 해온 대로 주술사로서 중독자로서 시를 쓸 뿐이죠. 미래의 어느 날, 저보다 앞서간 시인군群이 문득 돌아봤을 때 그들을 섬뜩하게 하는 그런 정도의 시를 쓰고 싶어요.

오은 시인은 여전히 바쁘게 지내죠? 시인으로 기획자로 바쁘게 사는데 그 와중에 시심을 지키는 비결은 뭔가요. 무지 궁금한데.

　시든 기획이든, 다르게 보는 데서 나오는 것 같아요. 물론 후자의 '다르게 보기'에는 착수하고 있는 프로젝트 성공을 위한 어느 정도의 상업적 계산도 필요하지만요. 둘 다 딴생각을 하거나 딴청을 부릴 때, 그러니까 심신이 '딴'의 상태를 지향할 때 튀어나오는 것 같아요. 다르게 보기에 이어 다르게 쓰기 작업 또한 필요하고요. 두 번의 다름을 통과하면 시든 기획물이든 제법 만족스러운 결과로 이어지는 것 같아요.

　직장생활을 시작한 뒤 한동안 시를 쓰지 못했어요. 직장인 오은이 시인 오은으로 쉽게 전환되지 않더라고요. 퇴근해도 제 머릿속은 온통 내일 해야 할 일로 가득차 있었죠. 이러면 안 되겠다 싶어 일요일을 아예 시쓰는 날로 정했지요. 아주 친한 사람이 아니면 결혼식도 잘 안 갔어요. 처음에는 쉽지 않았죠. 자리에 내처 앉아 있다고 해서 술술 문장이 쓰이지는 않잖아요. 몸풀기만 하다 공치는 날이 많았지요. 일주일 뒤를 기약하면서요. 다음주가 다다음주가 되고 다음달로 넘어가기 일쑤였죠. 석 달쯤 지났을 무렵, 일요일에 한 문장 두 문장 적히기 시작하더라고요. 아마 일요일에 시 쓰는 몸이 만들어지는 데 시간이 필요했던 것 같아요.

요즘은 '틈틈이'라는 부사와 가깝게 지내요. 이런저런 강연 때문에 이동하는 일이 잦은데, 저는 대중교통을 이용하거든요. 버스나 기차, 지하철이나 비행기 안에서는 보통 읽어요. 만원滿員일 때는 오만 것들을 상상해요. 어제 떠올린 질문은 '대패는 이름이 왜 대패일까?'였어요. 손발이 묶여 있으니 검색할 수도 없잖아요. (웃음) 밀고 깎고 다듬듯 대패 생각을 하니 시간이 금세 지나가더라고요. 실제로 딴생각에 깊게 빠지는 바람에 내려야 할 데를 지나친 적도 많아요. (웃음) 저는 길눈이 몹시 어둡고 이동하는 중에 예상치 못한 일이 벌어질지도 모르니 늘 여유 있게 출발합니다. 강연장 위치를 확인하면, 곧장 근처 카페에 자리를 잡고 쓰기 시작해요. 익숙한 곳이 아니기 때문에 찾아오는 각성도 있거든요. 간단히 말해 이동하며 읽고 도착해서 쓰는 거죠. 이런 식으로 일종의 패턴을 만든 게 시심을 지키는 동력이 아닐지 싶어요. '딴'의 상태를 위해 거의 매일 산책도 하고 있고요.

가끔 선배의 작품을 읽다가 한여름에 폭포수를 맞는 기

분이 들기도 했습니다. 겨울과 추위에 대한 묘사가 유독 많아서일지도 모르겠어요. 여름을 애타게 부르는「칠월」같은 시가 있기도 하지만요. (웃음) 선배는 실제로 여름과 겨울 중 어떤 계절에 가까운 사람인가요?

허연 | 저에게 날씨는 계시 같은 것입니다. 실제로는 선천적 약골이라 더위와 추위에 모두 약해요. 그래서 날씨의 계시에 늘 무릎을 꿇고, 날씨에 쫓겨 다니죠.

날씨를 즐기는 사람이었다면 시를 쓰지 못했을지도 몰라요. 참고로 난 목욕탕에서 냉탕도 온탕도 못 들어가는 사람이랍니다. 뜨거운 어둠 속으로 들어가 사우나 하는 사람을 이해하지 못하고, 겨울에 수영하는 사람을 이해하지 못해요. 아니다, 정확하게 이야기하면 그들을 존경해요. 난 모든 온도가 무섭거든요. 그 온도가 저로 하여금 시를 쓰게 하죠.

후배가 앞으로 가장 쓰고 싶은 시는 어떤 시인가요?

세상을 뒤흔들 만큼 파격적인 시, 사람들의 입에서 오랫동안 오르내릴 시, 교과서에 실려 대대손손 읽힐 수 있는 시에는 그다지 관심 없어요. 읽었을 때 '오은이 썼네? 오은이 오은을 또 한번 갱신했네?'라고 생각할 수 있는 시를 쓰고 싶어요. 흔적을 지우려고 아무리 애써도 기어이 남는 것이 있잖아요. 그게 아까 말했던 '스타일'일 수도 있고요. 거기서 제 다음을 발견할 수 있을 거라 믿어요.

저는 조금 가벼운 질문을 해볼게요. 일주일의 여유가 생긴다면 무엇을 하시겠어요? 혹은 한 달의 여유가 주어진다면요.

허연 | 그 정도의 시간이 주어진다면 저는 근사한 의자를 하나 만들어보고 싶어요. 편하고 격조 있는 의자를. 저는 의자를 좋아해요. 좋은 의자를 만난 날은 기분이 좋아져요. 아직 경험도 기술도 없지만 한 달의 시간이 주어진다면 최선을 다해 의자 하나를 만들고 싶어요. 그 의자에 헌신하고 싶습니다.

참, 이전부터 오은 시인에게 한번 물어보고 싶었던 게 하나 있는데, 그대 인생의 전범은 누구인가요? 예술가일 수도 있고 사상가일 수도 있고, 가족 중 한 사람일 수도 있을 것 같은데…… 궁금해요. 전범이 있다면 그 이유는 무엇인지도요.

머릿속을 스쳐지나가는 인물들이 아주 많네요. 개중에는 시인도 있고 소설가도 있고 영화감독도 있고 철학자도 있고 음악가도 있고, 말씀하신 것처럼 가족도 있고 친구도 있네요. 그런데 굳이 하나만 꼽자면 바로 어린이입니다. 어린이라는 상태, 어린이만이 가질 수 있는 시선과 여유, 어린이의 난만爛漫한 발상 같은 것 말입니다. 그들은 꽃이 피어도 놀라고 좋은 책을 읽어도, 길에서 이름 모를 새를 만나도 놀라잖아요. 이렇듯 저는 어린이들의 행동과 그들이 나누는 대화를 보고 들으며 놀라는 경우가 많아요.

작년 이맘때 마주했던 풍경이에요. 어린이 둘이 집에 가는데, 한 어린이가 다른 어린이에게 투덜대는 목소리로 이렇게 말하는 거예요. "심심하다. 놀이하자." 하굣길의 심심함을 견디지 못하고 놀이하자는 태도가 일단 멋지잖아요. 다른 어린이가 "어떤 놀이?"라고 물으니 "반대말 대기 놀이"라고 답하는 거예요. 한 어린이가 어떤 단어를 말하면 다른 어린이가 그 단어의 반대말을 말하고 또다시 어떤 단어를 제시하는 놀이가 시작되었어요. 구경꾼이라 더욱 흥미진진했죠. 얼마 지나지 않아 높다-낮다, 하늘-땅, 가다-오다, 많다-적다 같은 낱말 쌍들이 만들어졌어요.

문득 한 아이가 이렇게 말했어요. "놀다!" 저는 그 말을 듣자마자 반사적으로 '공부하다? 일하다?'가 떠올랐어요. 물론 정확한 반대말은 '놀지 않다'겠지만요. 다른 아이의 대답도 거의 즉각적으로 튀어나왔어요. 순간, 저는 얼어붙었어요. "재미없다!"라고 말한 거예요. 놀지 않는 상태는 재미없다는 말이잖아요. 실로 귀여운 아이들이구나 하고 넘어갈 수도 있는데, 저는 저 장면이 도무지 잊히지 않는 거예요. 동사의 반대말을 형용사로 받는 것도 그렇고, 유연하지 않으면 결코 할 수 없는 대답이잖아요.

어른이 되는 일은 어떤 과정에 익숙해지는 거잖아요. 여기에서 저기로 이동하는 것, 일하는 것, 사무적으로 누군가를 만났다가 예의 바른 인사를 나누며 헤어지는 것도 익숙해지면 편하잖아요. 편하면 부러 새로운 것을 시도하지 않게 되지요. 그러다보면 유연함도 떨어지고 일상에 틈을 내는 일에도 소홀해지고 말죠. 결국 '딴'의 출현이 줄어드는 거예요. 그때마다 제 머리와 가슴을 쿡쿡 찔러 자극하는 존재가 바로 어린이예요. 삶에 익숙해지면 시도 편평해질 가능성이 그만큼 커질 테니, 익숙함에 너무 기대면 안 되겠다는 생각도 들고요.

제가 시인 허연의 생활을 그려보면, 퇴근 후 카페에 들어가 묵묵히 작업하는 모습이 떠오릅니다. '생활인으로서의 나'와 '시인으로서의 나'는 언제 만나고 어떻게 헤어지는지 궁금해요. 둘 사이의 시소 타기는 어떤 느낌을, 어떤 긴장을 가져다주는지 궁금합니다.

허연 | 일부러 의도했던 것 같지는 않은데 어느 날 돌이켜 생각해보니 저는 '잡기'라는 걸 전혀 안 하는 사람이더라고요. 저는 배드민턴도 탁구도 골프도 칠 줄 모르고 고스톱이나 포커도 할 줄 모르고 바둑을 둬본 적도 없습니다. 산에도 가지 않고, 수영도 하지 않아요. 왜 그랬지, 하고 생각해봤더니 대충 답이 나오더라고요. 저는 본능적으로 시의 시간과 시의 에너지를 지켰던 것 같아요.

평생 출퇴근하는 바쁜 직장을 다녔어요. 남들처럼 다 하고 살았으면 시는 못 쓰지 않았을까 해요. 저는 이십여 년을 다닌 직장 구내식당에서 거의 늘 혼자 밥을 먹습니다. 내가 싫거나 그들이 싫어서가 아니라, 그 시간은 일하는 시간이 아니므로 누군가에게 곁을 주는 것조차 의도적으로 피했던 것 같아요. 굳이 말로 하지 않았지만, 직장 동료들도 그걸 눈치채고 피해줬던 것 같고요.

일을 하다가 시를 쓰려고 할 때, 모드 전환이 쉽지는 않았습니다. 아마도 그걸 훈련으로 넘어섰던 것 같아요. 직장과 관련된 실용문을 쓰던 나를 갑자기 시를 쓰는 자기장 안으로 이동시키는 게 쉽지는 않죠. 하지만 반복 훈련을 했더니 신기하게도 그게 되더라고요. 물론 그 자체가 정신력과 체력에 부담을 주는 일이기는 합니다. (웃음)

우리가 살아내고 있는 지금의 시대는 과거의 가치가 소멸하고 새로운 가치가 등장하는 격변기라고 생각해요. 인류가 한 번도 경험해보지 못한 세상이 오고 있죠. 문학, 사랑, 섹스, 인권, 죽음, 가족, 지성, 국경, 자산…… 모든 틀이 바뀌고 있어요. 이럴 때 시는 무엇을 할 수 있다고 생각하나요?

시는 꼭 무엇을 하지 않는다는 점에서, 역설적으로 빛날 수 있다고 생각해요. 무엇을 하지만, 그 무엇이 꼭 보이지 않는다고도 표현할 수 있겠네요. 사회에 필요한 물건을 생산해야 하고 사회에 필요한 인재人材가 되어야 하고 사회가 원하는 가정을 구성해야 하는 것…… 이는 어쩌면 어렸을 적부터 줄기차게 주입된 가치 체계라고 할 수 있잖아요. 이

것이 때로는 노골적으로, 때로는 암시적으로 우리의 사고를 규정하고 응당 그렇게 해야 한다는 관념으로 자리잡기도 했고요.

시는 이 가치 체계를 의심하는 데서 출발하는 것 같아요. 쓰는 사람과 읽는 사람 모두에게 말입니다. 이십대 중반에 읽은 비스와바 쉼보르스카의 시선집 『끝과 시작』(문학과지성사, 2007)이 문득 떠오르네요. 그 책을 '읽고 난 나'는 '읽기 전의 나'와 분명 달라졌는데, 이 변화는 이력서나 자기소개서에 쓸 수 없잖아요. 보이지 않으니까요. 증명하기 어려우니까요. 그렇다면 내가 그 책을 읽기 전과 같은 사람이냐 하면 또 아니거든요. 제게 분명 커다란 영향을 끼쳤으니까요. 그 책을 읽고 난 뒤에 저는 당연한 것을, 당연하다고 여겨지는 것을 끊임없이 의심하게 되었으니까요. 작은 소리에, 미약한 움직임에 눈길을 주게 되었으니까요. 시가 새로운 규율을 만들고 시스템에 침투하지는 못하겠지요. 그 대신 시는 무엇을 하지 않으면서, 보이지 않는 무엇을 하게 하는 듯싶습니다.

선배가 가장 좋아하는 단어는 무엇인가요? 그 단어가 인생에 깊숙이 개입했다고 생각하시나요?

허연 | 갑작스럽게 질문을 받고 지금 생각해보니, 제가 좋아하는 단어는 '비'인 것 같아요. 비라는 단어는 정말 비처럼 생겼고 비처럼 발음되잖아요. '비' 하고 불러보면 너무나 '비' 같지 않나요?

저는 그 음가가 너무 좋고, 실제로 내리는 비도 좋아합니다. 일본에서 살 때 한 스무 시간 정도 창밖에 내리는 비만 바라본 적도 있어요. 화장실엔 갔지만 밥은 안 먹었죠. '비', 지금 생각해봐도 정말 좋습니다.

오은 시인에게 하는 마지막 질문이네요. 오늘이 세상의 마지막날이라면 무슨 음악을 듣고 싶나요? 몇 곡 말해주세요.

불현듯 떠오르는 세 곡을 말씀드릴게요. 순서대로 마지막의 슬픔, 마지막의 안도, 마지막의 정처 없음이 담긴 곡들입니다. Girls의 〈Just a Song〉, 이이언의 〈창문 자동차 사과 모자〉 그리고 Museo Rosenbach의 〈Zarathustra〉.

저도 선배님께 마지막 질문을 드리겠습니다. 이미 많은 이가 선배가 다독가인 것을 알고 있습니다. 한 권의 책만 가지고 무인도에 들어가야 한다면, 선배는 어떤 책을 들고 가

실 건가요?

허연 | 저는 스피노자의 『에티카』를 들고 가겠어요. 들뢰즈의 말처럼 스피노자는 철학자들의 그리스도입니다. 『에티카』는 인간들이 떨쳐내지 못한 채 살아가는 모든 망상과 환상에 정면으로 도전한 철학서입니다. 이 책은 근대 이전, 아니 지금까지도 몽매한 인간들이 믿고 따르는 어리석은 망상들을 박살내는 책이에요.

이를테면 이런 망상들이죠. '인간의 의지는 자유롭다.' '정신이 육체를 지배한다.' '국가는 최종 목적지다.' '신이 이 세계를 바꿀 수 있다.' 이런 착각들이 끊임없이 인류사를 왜곡했어요. 물론 지금도 마찬가지죠. 스피노자는 이것들을 깨부수려고 했던 망치의 철학자였습니다.

막막했던 대담 시간이었는데, 금세 시간이 지났네요. 오늘 함께해줘서 고마워요.

별말씀을요. 저도 선배 덕분에 즐거웠습니다. 문득 오늘이 '망치 시인'과 '대패 시인'이 만난 날 같다는 생각이 드네요. (웃음)

오늘 발견한 단어는 '대팻집고치기대패'다. 대패의 어원을 찾아보다가 우연히 만났는데, '대패고깃집대패'로 잘못 읽은 것이다. 머릿속으로는 대패삼겹살을 떠올리면서 말이다. 이 단어는 대팻집에서 비롯한 것으로, 대팻집은 "대팻날을 박게 되어 있는 나무틀"을 가리키는 말이다. 대팻집고치기대패는 "대팻집의 바닥을 깎으려고 날을 곧추세워 끼운 대패"를 뜻한다. 대팻집을 고치는 데도 대패가 필요한 것이다. 말실수를 만회할 때 또 다른 말이 필요하듯이.

에세이

별다른 일정이 없을 때면 동네 카페에 간다. 책을 읽다가 인근을 산책하다가 랩톱을 켜고 몇 자 적기도 한다. 작업에 온전히 집중하는 것은 아니어서 주변에서 흘러나오는 소리에 자연히 귀가 돌아간다. 열린다. 귀기울이지 않아도 들려오는 말들, 생활감이 밴 심상한 말들, 개떡과 찰떡이 얼마나 궁합이 잘 맞는지 일러주는 말들을 사랑한다. 그 안에 칼 한 자루, 빛 한 줄기, 나무 한 그루가 다 있다. 누구나 벨 수 있지만 아무나 심지는 못하는 숲의 현장이다.

시로운 생각

카페에 앉아 있던 한 사람이 지루하다고 말한다. 그 모습을 바라보며 다른 한 사람이 늘어지게 하품을 한다. "우리는 왜 매번 지루할까?" 한 사람이 묻자 하품을 마친 다른 한 사람이 따분한 목소리로 대답한다. "매번은 아니야, 자주 그럴 뿐." "그런데 너는 지금 하품만 하고 있잖아." 하품하던 사람이 놀랐는지 갑자기 딸꾹질하기 시작한다. 그야말로 '하품에 딸꾹질'이다. 어려운 일이 공교롭게 계속되고 있다. "움직이자!" 한 사람이 단호하게 말하며 딸꾹질하는 사람을 일으켜세운다. 그들은 어디론가 이동한다.

바깥에 나와 걷는데 아까 들었던 말이 자꾸 들렸다. 다름 아닌 "움직이자!"라는 말이. 움직이면서 움직임을 떠올렸다. 자세나 자리를 바꾸는 것, 가지고 있던 생각을 바꾸는 것, 사실이나 현상을 다른 상태로 바꾸는 것 모두 움직이는 일이다. 움직이는 일은 기본적으로 바꾸는 행동인 셈이다. 동시에 특정 목적을 가지고 활동하는 것, 기계 따위를 가동하는 것 또한 우리는 움직인다고 말한다. 움직이는 일은 지속을 위한 행동이기도 한 것이다. 바꾸기 위해, 유지하기 위해 우리는 움직이지 않으면 안 된다.

몸을 움직여야만 마음을 움직일 수 있다. 가만있으면 누군가를 설득할 기회를 놓치게 된다. 원하는 회사의 문을 직접 두드리지 않으면 입사는 요원하다. 보고 싶은 이를 향해 이동하지 않으면 그리움은 전달되지 않는다. 반대로 마음이 움직여야 몸을 움직이기도 한다. 마음이 동하지 않는데 몸이 선뜻 나설 리 없다. 하기 싫은 일을 차일피일 미루는 것도, 마주할 상황을 끝끝내 외면하는 것도 이 때문이다. 몸과 마음은 한통속이다. 그러므로 "움직이자!"라는 말은 의욕 없는 심신을 다그치는 말이다. 상태를 사태로 만들자고 독려하는 말이다.

이를 가리켜 나는 '시詩롭다'고 말하련다. 사전에는 이 단어가 '시리다'의 전남 방언이라고 나오지만, 내게 시로움은 익숙한 상태를 벗어나고자 하는 안간힘, 낯선 존재에 가닿으려는 적극적인 몸부림에 가깝다. 시로움이 전제되지 않은 새로움은 불가능하다. 돌이켜보니 시로 가는 길에는 늘 시로움이 있었다. 주변을 들여다볼 때 심신을 처음의 상태에 가깝게 하는 일, 먼 데를 내다볼 때 긴장을 최대한 풀고 심신을 유연하게 만드는 일 모두 시로움을 꿈꾸고 시로운 생각에 다다르는 일이다.

시로운 생각은 이로운 생각과 거리가 있다. 어떤 이익을 바라는 것이 아니기 때문이다. 오히려 시로움은 '위함'이 아닌 '향함'에 가깝다. 달성하는 대신 성찰하고, 가시적인 성과를 내는 대신 보이지 않는 변화를 발견하는 데 관심이 있다. 지루함을 토로하는 시간에 일단 바깥으로 걸음을 내딛는 것이다. 누군가는 시답잖다고 여길지 모를 이런 생각을 하며 길을 걷다가 그만 길을 잃고 말았다. 움직임이 늘 도착으로 이어지는 것은 아니다.

문득 산책과 시쓰기가 닮아 있다는 데까지 생각이 미친

다. 어떤 목적을 위해 걷거나 쓰지 않는다는 점에서, 도중에 그만두고 싶다는 욕망이 스멀스멀 올라온다는 점에서, 실제로 포기하기도 하고 별수 없이 출발했던 곳으로 되돌아가기도 한다는 점에서. 내가 가장 좋아하는 공통점은 의외성이다. 출발할 때 막연하게 그렸던 도착지가 실제로 당도한 곳과 다르면 어떤 전율에 휩싸인다. 시로움이 종내 새로움을 맞닥뜨렸다는 생각도 든다. 움직였기에 비로소 닿을 수 있었던 우연이라는 점에서, 이 우연은 어느 정도는 필연적이다.

갑자기 비가 내리기 시작한다. 가뭄에 단비다. 옷이 젖는 줄도 모르고 한동안 제자리에 서 있었다. 비를 맞아본 적이 언제였는지 도통 기억나지 않는다. 몸을 움직이니 비도 맞는구나, 비를 맞는 감각을 몸에 다시 새길 수 있구나, 새롭지는 않아도 충분히 시롭구나. 여름비의 시원함에 흠뻑 젖은 채 집에 돌아왔다. 움직이지 않았으면 불가능했을 일이다.

오.발.단 : **시쁘다**

오늘 발견한 단어는 '시쁘다'다. "마음에 차지 아니하여 시들하다"와 "껄렁하여 대수롭지 않다"라는 뜻을 품고 있는 형용사다. 시를 쓰고 난 직후의 감정이 이와 같을까. 어쩌면 이는 시를 쓰고 난 다음날, 어제 쓴 시를 다시 읽을 때 드는 감정과 더 가까운지도 모르겠다. '기쁘다'와 '이쁘다', 그리고 "믿음성이 있다"는 뜻의 '미쁘다' 사이에서 시쁘다 혼자 뾰로통한 것 같다. 그러나 시쁨이 있어야 기쁨과 이쁨, 미쁨이 찾아왔을 때 온몸으로 환호할 수 있지 않을까.

5
월
18
일

에세이

작년 오늘, 정읍에 있었다. 태어나서 열두 살이 될 때까지 내가 살았던 곳. 낯섦과 낯익음이 동시에 밀려드는 곳. 내가 태어나기 이 년 전 오늘에는 정읍에서 그리 멀리 떨어져 있지 않은 도시 광주에서 '봄'을 되찾기 위한 포효가 시작되었다. 그날의 영상을 볼 때마다 온몸이 바닥으로 내려앉는다. 빛 앞에서 빛이 더 무거워지는 것처럼.

찾아간 곳은 여고였다. 나는 강연이 시작되기 전 웅성거리는 시간을 특히 좋아한다. 할 얘기가 뭐 그리 많을까 싶다가도 그 시절 내 모습을 그려보면 절로 웃음이 난다. 수업 시작종이 울리자, 한 학생이 가방을 메고 유유히 자리에서 일어난다. "이제 시작인데 어디 가세요?" "저 핸드볼하러 가요." 주먹을 들어올리며 나도 모르게 소리쳤다. "파이팅!"

모든 운동運動에는 목적이 있다.

슬픔은 진짜 같은 짠맛

　어릴 적에 살았던 곳은 정읍이었다. 명절 때 사촌들을 만나면 으레 이런 질문을 받았다. "정읍은 읍이야?" 그럴 때면 나는 핏대를 세워 답하곤 했다. "시거든? 정읍시! 엄마, 내 말이 맞지?" 엄마가 고개를 끄덕여주면 어깨에 힘이 들어갔다. "근데 왜 지명에 읍이 들어가? 이상하지 않아?" 짓궂은 사촌은 내게 추가로 질문을 던졌다. 나는 대답할 말을 찾지 못해 울상이 되었다. "내장산이 있는 곳이야!"나 "정읍사라는 유명한 가요가 있어!"라는 답변은 궁색하다는 것을 알고 있었다. 행정구역 개편 때 정주시와 정읍군이 통합되면서 신설된 도시라는 것을 알기에는 너무 어린 나이이기도 했다.

　"우리 집 옆에는 극장이 있어! 이름은 중앙극장이야." 결국 내가 했던 대답은 이랬다. 사촌들의 눈이 휘둥그레졌다. "정말이야?"나 "진짜? 좋겠다!" 같은 대답이 앞다투어 튀어나왔다. 화제를 전환하는 데 성공한 나는 어깨를 으쓱하며 아주 잠시 우쭐한 기분에 사로잡혔다. 그 극장이 내 것도 아닌데 말이다. 단지 극장에서 영화를 딱 한 번 봤을 뿐이었다. 여덟 살이 되던 해의 여름, 온 가족이 보았던 〈영구와 땡칠이〉 이야기를 반복할 수밖에 없었다. 극장의 화면이 얼마나 커다란지에 대해서만 십 분 이상 할애했다. 심형래의 얼굴이 얼마나 가까이 있었는지, 그렇게나 화면이 큰데도 두 눈에 그게 다 담긴다는 게 얼마나 신기했는지 떠들었다. 사촌들은 이내 지겨워했지만, 한껏 흥이 오른 나의 말은 그치지 않았다.

〈영구와 땡칠이〉는 재미있었을 게 틀림없지만 아쉽게도 지금은 내용이 하나도 기억나지 않는다. 그러나 좀체 사라지지 않는 기억도 있다. 극장에 들어서던 순간, 나는 내가 이때까지 살면서—고작 여덟 살이었지만—가장 근사한 곳에 입장한다는 느낌을 받았다. 그것은 생각했다기보다 온몸이 알아차린 것에 가까웠다. 이 공간을 앞으로 오랫동안 사랑하게 될 것 같았다. 이토록 어둡고 서늘한 곳이 세상에 존재한다니, 그리고 여기에서 한 시간이 넘는 시간 동안 몰두하듯 어떤 이야기에 빠져들 수 있다니, 꼴깍 침을 삼키다가도 한바탕 자지러지듯 웃을 수 있다니, 공간 전체가 두 팔 벌려 나를 환대해주는 듯했다. 그때 영화관은 내게 어떤 가능성의 공간이었던 셈이다.

학교에서 돌아오는 길에는 꼭 집 옆에 있는 중앙극장을 기웃거리곤 했다. 영화를 보는 것 말고도 극장은 충분히 신비로운 공간이었다. 당시에는 영화 간판이 있었다. 그 때문에 새 영화가 개봉할 즈음에는 영화관 앞에서 화가 선생님이 그림을 그리고 있었다. 작업에 집중하는 게 느껴져 말을 걸 엄두조차 내지 못했다. 기다란 붓들이 커다란 캔버스를 누비는 광경을 물끄러미 지켜보고 있노라면 시간 가는 줄 몰랐다. 방금까지는 없었던 것들이 생겨나는 공간이 바로 캔버스였다. 얼굴에 눈이 생기고 들판에 나무가 심기고 하늘에 태양이 떠올랐다. "애가 여기 또 있었네!" 그림이 완성되는 걸 구경하느라 저녁 먹을 시간이 다 되어서야 엄마 손에 이끌려 집에 들어가는 일이 잦았다. 그림을 그리고 싶어하는 줄 알고 엄마는 나를 미술학원에 데려갔다. 내 인생 첫 학원이었다.

아홉 살 때는 엄마와 함께 중앙극장에서 〈사랑과 영혼〉을 보았다. 15세 관람가였으나 어떻게 내가 입장할 수 있었는지는 모르겠다. 친구들의 의견을 모아보니, 당시에는 보호자가 동반하면 눈감아주기도 했다고 한다. 그때 영화를 보던 모자母子는 나란히 앉아 펑펑 울고 말았다. 사랑하는 사람을 잃는다는 게 얼마나 슬픈 일인지 가늠할 틈도 없었다. 한여름 폭포수처럼 눈물이 쏟아졌으니까. 몸에 힘이 다빠져서 엄마와 나는 엔딩 크레디트가 다 올라간 뒤에야 겨우 몸을 움직일 수 있었다. 울고 난 후에 찾아오는 개운함을 느낀 최초의 순간이기도 했다. 영화관을 나설 때 그제야 서로의 퉁퉁 부은 눈을 발견하고 얼마나 웃었는지 모른다. 울다가 웃으면 엉덩이에 뿔이 난다는 말을 믿지는 않았지만, 영화 속에서는 어쩌면 그것도 가능할 듯싶었다.

그날 엄마는 슈퍼에 나를 데려가 아이스크림을 손에 들려주었다. 한바탕 울고 난 직후에 먹는 아이스크림의 맛은 그야말로 묘했다. 슬픔이 진짜 같은 짠맛이라면 아이스크림은 거짓말 같은 단맛이었다. 영화 속 이야기에서 실제 삶으로 돌아오는 여정 같았다고나 할까. 그러나 그날 밤 일기장에 나는 차마 극장에서 〈사랑과 영혼〉을 봤다고 쓸 수 없었다. 그것이 15세 관람가여서는 아니었다. 내용과 감상을 몇 줄로 정리하는 게 불가능하게 느껴졌다. 어른이 되는 일은 삶이 복잡해지는 일이라는 사실을 어렴풋하게 예감할 뿐이었다. 울 일만큼이나 웃을 일도 많았으면 좋겠다고 간절하게 바랄 뿐이었다. 그날 일기장에 이런 문장을 쓴 것 같다. "영혼이 있다는 걸 처음 알았다."

90년대 후반 서울에 멀티플렉스가 처음 생겼을 때, 나는 정읍에서 전주로 이사를 온 상황이었다. 명절 때 만난 사촌이 "우리 동네에 엄청나게 큰 영화관이 생겼어. 상영관이 열 개 가까이 돼. 사람도 엄청 많다." 사촌이 말한 '엄청나게'의 규모를 상상하기 어려웠지만 더 캐묻지는 않았다. 몇 년후, 전주에도 멀티플렉스가 들어섰고 웅장하고 화려한 외관과 거기서 선사하는 다양한 경험에 홀딱 반했던 시절이 있었다. 다양한 맛의 팝콘과 영화 상영을 기다리면서 즐길 수 있는 다양한 콘텐츠는 멀티플렉스에 진종일 있어도 지루하지 않게 해주었다. 그런데 이상하게도 영화관에서 돌아오는 길에는 꼭 중앙극장이 떠올랐다. 그사이 영화 간판은 포스터로 바뀌었고 2000년대 들어서는 영화표가 영수증으로 대체되고 있었다. 영화는 이제 물건처럼 언제든 만날 수 있게 되었으나 내 마음속에서는 반대로 어떤 거리감이 생겨났다.

대학생이 되어 상경하면서 혼자 영화 보는 일이 늘었다. 종로에 가서 영화를 보고 돌아온 날에는 심장이 빨리 뛰었다. 옛날에 만들어진 영화를 지금도 볼 수 있다는 것은 커다란 기쁨이었다. 잉마르 베리만, 크시슈토프 키에슬로프스키, 짐 자무시, 빔 벤더스를 거기서 처음 만났다. 대학생 시절 겁도 없이 단편영화를 연출할 만큼 영화는 시도 때도 없이 내 안의 종을 울려대는 괴팍하고 다정한 손길이었다. 내 영화가 코엑스 메가박스에서 상영될 때는 쥐구멍이라도 있으면 들어가고 싶을 만큼 부끄러웠으나, 한편으로는 다행이었다. 내게는 엄마가 체득하게 해준 비법이 있었다. 영화가 끝나고 아이스크림을 먹으면 다시 현실에 안착할 수 있을 것 같았다.

얼마 전에 찾아본 바에 의하면, 중앙극장은 중앙시네마
란 이름으로 바뀌어 운영되다가 인근의 멀티플렉스에 흡수
되었다고 한다. 코로나19 시기가 길어지면서 영화관 개수
에도 변화가 있었을 것이다. 무엇보다 영화를 접하는 미디
어가 다변화되면서 극장을 찾지 않아도 언제 어디서든 영
화를 볼 수 있게 되었다. 어디에나 있고 어디에도 없는 곳이
극장인 것 같아 구슬픈 마음이 들지만, 여전히 영화를 예매
하고 극장으로 향할 때 뭉근한 어떤 감정이 발끝에서부터
꼬무락거리는 걸 느낀다.

나는 아직도 그날을 잊지 못한다. 인생의 짠맛을 처음으
로 느꼈던 날을. 달콤한 아이스크림으로도 해결되지 않은
감정이 있다는 사실을 깨달았던 날을. 성장하면서 인생에
는 짠맛뿐 아니라 단맛, 신맛, 쓴맛 등이 뒤섞여 있다는 걸
알게 되었다. 어떤 맛은 매운맛과 결합해 본때를 보여주기
도 한다는 것도 안다. 그러나 그날의 짠맛과 단맛은 '단짠단
짠'의 마법을 알기 전이었는데도 불구하고 곧잘 나를 반응

하게 한다. 가만있지 말라고, 어서 일어나 극장에 가서 영화를 보라고. 두 눈으로 봄으로써 두 팔로 봄을 맞이하라고.

오·발·단 : 빛있다

오늘 발견한 단어는 '빛있다'이다. 알다시피 광주光州광역시는 '빛고을'로 불린다. 경기도 광주廣州가 '너른고을'로 불리고 내가 십대 시절을 보낸 전주廣州가 '온고을'로 불리는 것처럼. 빛있다는 "곱거나 아름답다"라는 뜻이다. 빛이 있어서 곱거나 아름다운 것인지, 곱거나 아름다워서 빛이 있는 것인지는 모르겠다. 한편 '빛없다'는 "색이나 면목이 없다" "보람이 없다"라는 뜻이다. 빛없거나 빛바랠 때마다 빛있고 빛나던 순간에 연연하게 된다. 그때가 바로 빛을 빚고 스스로 빛을 내야 하는 때일거다.

5

월

19

일

적바림

오늘은 발명의 날이다. 과학 정신을 기르고 발명 의욕을 북돋우기 위하여 제정
한 날이라고 한다. 비단 과학 영역에서만 발명이 이루어지는 것은 아니다. 누
군가는 아이디어의 형태로, 또다른 누군가는 단어의 형태로 부단히 발명에 힘
쓴다. 발견과 발명은 둘 다 '아직'에서 출발한다. 발견이 아직 알려지지 않은 것
을 찾아내는 일이라면 발명은 아직 없는 것을 만들어내는 일이다. 있는데 몰
랐던 것에서 출발하는 게 발견이라면, 없어서 모르는 것에 도착하는 게 발명이
다. 둘 다 멋진 일이다.

미음에서 이응까지

미음의 힘

'마'는 듣는 이를 멈추게 한다. "하지 마"는 경고로, "해주마"는 약속으로 그것을 드러낸다. 마魔가 끼었을 때 요긴한 말이기도 하다.

'물'이 '모금'을 찾는다면 '말'은 '마디'를 찾는다. 물과 말 앞에서 '몸'은 풍덩, '마음'은 퐁당 뛰어들려고 한다. '마침맞다'라는 단어가 '마침함'과 '맞춤함'을 둘 다 포함하는 것처럼 말이다.

'마루'는 깔리는 것이고 '머루'는 열리는 것이다. '모루'가 두들겨맞을 때 '망루'는 더 높아 보인다. '만루' 상황에서 타석에 들어선 타자만큼 '만발'을 꿈꾸는 이도 없을 것이다. 불교에서는 "번뇌에서 벗어나거나 번뇌가 없음"을 가리켜 '무루無漏'라고 한다. 새는 게 없는 상태, 지금 타자에게 가장 절실한 어떤 것일 테다.

'막다르다'는 '마지막'이라고 달라질 것은 없음을 보여주는 단어다. 그 '막'을 걷어내는 순간, 진짜 이야기가 시작된다.

'모락모락'이 피어난다면 '무럭무럭'은 자라난다. 불, 아이, 연기, 아지랑이, 냄새, 생각, 소문…… 하나같이 다 자라도 더 자랄 것 같은 존재들이다. '미루적미루적'이 일을 한껏 미루기 급급할 때, '무릇'은 후일을 도모하고 '매일매일'은 당장 실천할 것을 강요한다. '마기말로'가 머릿속으로 이루어지는 가정이라면 '막상'은 내 눈앞에 닥치는 것이다. '무슨' 바람이라도 불지 않으면 안 된다.

비읍의 힘

'바'는 의존명사로 많이 쓰인다. 맡은 바 책임을 다하지 못해 어찌할 바를 모르게 한다. 바bar에 간 사람은 알코올과

분위기에 의존하기도 하지만, 높이뛰기 선수는 온 힘을 다해 그 바를 넘으려 한다.

'방'을 나누는 것은 '벽'이다. 화장실도 원래는 '변방便房'이라는 방이었다. 인생 한 '방'을 꿈꾸는 이가 주먹 한 '방'에 나가떨어지기도 한다. 사람들은 더이상 사진 한 '방' 찍자는 말을 사용하지 않는다. 그 말을 쓰면 '방안 풍수風水' 취급을 받을지도 모른다. '시방'은 당장 위에 지어지는 방이다.

'바라다'와 '바라보다'는 어떤 대상을 간곡히 향하는 단어다. '바루다'와 가까운 사람은 흔히 '바르다'고 표현된다. '빌다'와 '빌리다'의 중심에는 결핍이 있다. '불다'가 '바람'을 일으킬 때 '붓다'와 '붇다'는 몸집을 키운다.

'비'는 '바람'과 친해 '비바람'이 되었다. 바람 입장에서는 '바람비'다. 하지만 반대로 비바람은 '불고' 바람비는 내린다. 비의 입장도 맞고 바람의 입장도 맞다. 그러고 보니 비와 바람 모두 맞는 것이다.

쌍비읍의 힘

'빵'을 생각할 때 좋은 냄새가 나는 것 같다면, 그 덕에 절로 미소가 지어진다면 다행이다. '빵' 터진 풍선을 떠올리면 눈물이 나고 '빵' 뚫린 구멍 사이로 새어들어오는 빛은 희망적이다. 축구공을 '빵' 차는 소리와 '빵' 울리는 자동차 경적에 놀란 마음은, 누명을 쓰고 '빵'에 갔다 온 사람의 그것에 비할 바 못 된다. '빵점'을 맞고 '빵긋' 웃는 사람에게 시급한 것은 '땜빵'이다.

시옷의 힘

'사'는 소비를 독려한다. 사 앞에서 '사사로워지는' 것은 어쩔 수 없다. 잘살아야rich 잘 살buy 수 있을 것 같지만, '역사'를 보면 꼭 그런 것만은 아닌 듯하다. 일이삼 다음에 '사$_4$'가 오지만, '삼삼오오'에 끼지 못한 사는 자주 외롭다. 엘리베이터에서 4가 F로 표기된 것을 보고 가슴을 쓸어내리는 사람은 '생'과 '사'의 갈림길에 서본 사람이다.

'상상'을 잘하는 이는 '상처'를 쉽게 받지만, 간혹 '상'을 받기도 한다. '사연'은 '사정'의 앞뒤를 헤아리며 만들어지고

'속사정'은 '상대'가 털어놓기 전에는 결코 알 수 없다. '숨'이 '생명'과 맞닿아 있다면 '쉼'은 '생기'와 '사이'가 두텁다. '소리' 는 '소란'의 원인이 될 수도, 결과가 될 수도 있다. '성'을 내는 사람은 자기만의 '성城'을 짓거나 지키는 중일지 모른다. '성격'은 변할 수 있지만 '성정'은 여간해서 변하지 않는다. 제아무리 '성질'이 급하더라도 '샘'과 '셈'만은 '사람'에게 하지 않는 게 좋다.

'스스럼'과 '서운함'은 없는 편이 좋다. '시시함'이 인생의 '신비'라면 '소소함'은 일상의 '심복'과도 같다. '시소seesaw'를 탈 때면 보는see 것이 금세 봤던saw 것이 된다. 눈 깜짝할 '새'에 현재가 과거가 될 때, 시시함과 소소함은 '소싯적'이라 는 단어를 우리 앞에 펼쳐놓는다. 시소가 '시소詩所'가 되는, '수수께끼' 같은 '순간'이다.

'살살'이 달랠 때 '설설'은 기어다닌다. '솔솔'이 불어오면 '술술'은 막힘없다. '슬슬'이 기지개를 켤 때 '실실'은 웃기 시 작한다. '심부름'은 힘을 부른 뒤, 남은 힘으로 다시 마음을 부르는 일이다. 개중 잔심부름은 '삯'을 '살피는' 일인 경우가 많다.

쌍시옷의 힘

'씨'는 접미사로 쓰일 때 태도 또는 모양을 가리킨다. 글씨, 말씨, 마음씨부터 바람씨, 솜씨, 발씨에 이르기까지 움직이는 대상의 뒤에 찰싹 달라붙어 스타일로 자리잡는다. '씨앗'은 심는 순간, 한 톨의 비밀이 된다. '싹'이 틀 때까지 그 비밀은 봉인된다. '쑥'을 제때 캐지 않으면 '쑥대밭'이 되기 십상이다. '쑥쑥'은 '쓱쓱'과 '씩씩'을 자양분 삼아 자라고 '쓸쓸함'을 알 때쯤 성장하기를 멈춘다. '쑥덕쑥덕'은 남이 알아듣지 못하게 말하면서도, 말하고 있다는 사실만은 알아주기를 바란다. '쓸개'는 빠지기만 하고 '쓸데'는 없어지기만 한다. '쌩쌩함'이 '쓰라림'을 만나는 순간, 삶이라는 '썰매'는 '쓴맛'을 싣고 '썰물'처럼 빠져나간다.

이응의 힘

'아'는 일단 입을 벌리고 시작한다. 놀랐을 때나 당황할 때, 초조할 때나 다급할 때, 기쁠 때나 슬플 때, 뉘우칠 때나 칭찬할 때, 떠올랐을 때나 깨달았을 때, 동의할 때나 감동

할 때 '아'는 문장의 물꼬를 터준다. '아무때'나 다 쓸 수 있는 것처럼 보이지만, '아' 다음에 나올 말이 대화의 성패를 결정한다.

'앙앙'은 '앙탈'을 동반하고 '엉엉'은 '엄살'을 무기로 삼는다. '앙탈'이 꾀에 가깝다면 '엄살'은 시늉과 닮았다. '앙탈쟁이'와 '엄살꾸러기'의 마음속 깊은 곳에는 '어리광'이 남아 있다.

'응시'는 집중을 요하고 '응답'은 적중을 요한다. 응답과는 달리, 응시의 결과는 답 대신 물음일 때가 많다.

'아깝다'가 서운하거나 섭섭한 느낌이라면 '안타깝다'는 그 느낌이 가슴속 깊이 사무쳐서 '일어나는' 현상에 가깝다. 아까움의 대상은 나 자신이 되는 경우가 많지만, 안타까움은 생면부지의 누군가를 보고도 '움튼다'. 내 돈은 쓰기 아깝지만, 돈이 없어 굶주린 사람의 사연은 안타깝다.

'안녕'은 시작이자 끝이다. 만날 때 '예사롭게' 묻는 것이었던 안녕이, 헤어질 때는 '애타게' 바라는 무엇이 된다. 과거에서 현재를 거쳐 미래로 이어지는 '인사'인 셈이다.

오.발.단 : 어질더분하다

오늘 발견한 단어는 '어질더분하다'이다. 처음에 이 단어를 만났을 때 "어질고 수더분하다"라는 뜻으로 짐작했었다. 짐작만 한 것이 아니라 그 짐작이 맞을 것이라 확신했다. 그러나 사전에서 찾아본 '어질더분하다'는 다음과 같은 뜻을 품고 있었다. "어질러놓아 지저분하다." 내 방이네! 내 책상이네! 반가움도 잠깐, 늘어놓고 쌓아둔 물건들을 떠올리니 아득했다. 적바림 또한 어질더분한 머릿속을 정리하기 위해 적기 시작했지만, 남겨진 흔적을 내가 파악할 수 없을 때도 많았다. 어질고 수더분한 사람이 되는 대신, 아무래도 어질더분한 사람이 되어가는 것 같다.

5
월
20
일

청소년 시

오늘은 세계인의 날이다. 2007년, 다양한 민족·문화권의 사람들이 서로 이해하고 공존하는 다문화 사회를 만들자는 취지로 제정된 국가기념일이다. 이십사절기 중 소만小滿이기도 하다. 소만은 햇볕이 풍부하고 만물이 점차 생장하여 가득찬다滿는 의미가 있다고 한다. 소한과 대한, 소서와 대서, 소설과 대설처럼 절기는 보통 대소로 짝을 이루지만, 소만 다음에 대만은 오지 않는다. 적게 가득차는 것으로 족한 것일까, 넘치면 일을 그르친다는 의미일까. 5월 셋째 월요일이므로 성년의 날이기도 하다. "성년이 되는 것을 기념하여 정한 날"이지만, 정작 성년이 된 사람이 자신이 어른이 되었다고 느끼는 경우는 거의 없다. 성년의 성에는 이룰 성成 자를 쓰는데, 무언가를 이루었다고 생각하고 성년에 진입하지는 않기 때문이다. 서로 이해하고 공존하는 일, 가득차오르는 일, 무언가를 이루는 일 모두 평생에 걸쳐 달성해야 할 과업이다.

초록을 입자
—그린블리스*의 열 살을 축하하며

초록인 것들을 말해보자

풀에 대해 나무에 대해 바다에 대해

지구에 대해

푸르다고 속삭여보자

밝고 선명해지자

익지 말고 때를 기다려보자

시절 앞에서 당당해지자

초록이라고 말해보자

풀처럼 휘어지자

나무처럼 뻗어보자

바다처럼 깊어지자

지구처럼 둥글어지자

눈두덩 위로 후두두 쏟아지는 빛

콧잔등 위로 훅 끼쳐오는 향

생生을 생생하게 만들어주는 색

시원하게 맞이하고 마주하자

힘을 입듯

은혜를 입듯

초록을 입자

연두로 초록으로

쑥으로 올리브로

옥으로 대나무로

숲으로 참다래로

잎으로 공작으로

울긋불긋해지자

초록을 입고 말해보자

풀처럼 여리게

나무처럼 단단하게

바다처럼 휘몰아치듯

지구처럼 묵묵하게

열 개의 나이테가 수놓아진

초록을 입고

한바탕 울창해지자

---

*그린블리스 GREEN BLISS는 식물성 유기농 소재로 양말, 의류, 수건 등을 만드는 브랜드다. 자연과 동물의 소중함을 이야기하고 이를 행동으로 옮기려 노력한다. 2023년 9월, 10주년을 맞이했다.

오늘 발견한 단어는 '얼찬이'다. 얼이 찬 사람을 떠올리면 뜻을 짐작하기 어렵지 않을 것이다. 얼찬이는 "정신이 똑바로 박힌 사람"을 의미하는데, 성년이 되는 일은 어떤 면에서는 얼찬이가 되는 일을 가리키는 것일 테다. 물론 똑바로 박힌 정신을 뽑으려 드는 각종 유혹도 물리칠 줄 알아야 하고, 혐오와 차별의 자리를 비우고 그 자리에 사랑과 평등을 채울 줄도 알아야 한다. 어쩌면 얼찬이가 되는 것보다 얼찬이의 상태를 유지하는 게 더 어려울지도 모르겠다. 얼찬이의 반대말은 얼간이다. 차지 않으면 가버리는 복불복 얼의 세계. 소만처럼 적게 가득차는 방식으로 얼이 차면 가장 좋지 않을까.

5

월

21

일

동시

오늘은 부부의 날이다. 부부관계의 소중함을 일깨우고 화목한 가정을 일구자는 취지로 제정된 법정기념일이다. 가정의 달인 5월에 둘2이 하나1가 되는 날이라고 한다. 온라인상에서 부부의 날 선물을 추천해달라는 문의가 많은 걸 보니, 모든 기념일은 당사자나 제삼자에게 어느 정도 부담이 되는 듯싶다. 어린이가 부모님께 드릴 선물로 뭐가 좋을까 고민하는 사연도 읽었는데, 얼굴이 화끈거려서 혼났다. 나는 한 번도 부모님께 부부의 날 선물을 드린 적이 없었기 때문이다.

싸우면서 크는 집

놀다 들어온 동생의 얼굴에 상처가 나 있었어요

또 누구랑 싸웠어?
엄마가 차갑게 다그치자
동생의 눈에서 뜨거운 눈물이

때마침 아빠가 돌아왔어요

애들은 싸우면서 크는 거래
동생을 안아 번쩍 든 아빠의 말에
엄마는 고개를 돌려버리고
동생은 빵긋빵긋

나도 크기 위해선 싸워야 하는 걸까요?

자신이 없었어요

며칠 뒤, 엄마와 아빠가 싸웠어요

동생과 나는 사이좋게 귀를 막고 있었어요

두 개의 높은음자리표가 벽을 뚫고 들어왔어요

한참 뒤 엄마가 방문을 열었어요

동생과 나는 놀란 토끼 눈을 하고 엄마를 바라봤어요

어른들도 싸우면서 커

얼굴이 빨개진 엄마의 말에

나는 두 눈을 질끈 감아버렸어요

아빠가 혹시 거인이 되는 건 아니겠죠?

아빠가 지금보다 훨씬 커져

천장을 뚫고 나가는 상상을 하자

통탕통탕

가슴이 뛰기 시작했어요

오·발·단 : 풀싸움

오늘 발견한 단어는 '풀싸움'이다. 싸움에 대해 생각하다 당도한 단어기도 하다. 말싸움, 몸싸움, 칼싸움, 패싸움, 집안싸움, 감정싸움, 자리싸움, 주먹싸움…… 이 싸움들 틈에서는 심신이 남아나지 않을 것 같다. 그때 발견한 게 바로 풀싸움이다. 풀싸움은 "아이들 놀이의 하나. 여러 가지 풀을 많이 뜯어온 아이가 이긴다"라는 뜻이다. 잡초만 뽑아야 할 텐데 걱정이 들면서도 여러 가지 풀을 뜯으려고 동분서주하는 아이들의 모습을 떠올리니 넌지시 웃음이 난다. "다른 동네의 풀밭에서 풀을 베어서 일어나는 싸움"이라는 풀싸움의 두번째 뜻을 읽고는 맥이 탁 풀렸다. 그렇구나, 풀밭도 부동산이구나 싶었다. 어릴 적, 산에도 주인이 있다는 말을 듣고는 눈이 휘둥그레지던 순간이 떠올랐다.

5
월
22
일

에세이

2023년 6월 14일부터 18일까지 열린 〈2023 서울국제도서전〉의 주제는 '비인간, 인간을 넘어 인간으로 NONHUMAN"이었다. 리미티드 에디션에 수록될, '인간이 아닌 것들'과 '인간이지만 인간으로부터 소외되는 순간'에 대해 글을 써달라는 요청을 받았다. 원고를 쓰는 일은 바깥으로 나가야 하는 일이었다. 비인간을 이야기하며 인간의 비인간성을 드러낼 수도 있었고, 그 자체로 '비인간'인 책을 매개로 비인간과 인간을 연결할 수도 있었다. 연결하는 일이 순탄치 않으리라는 걸 알았다. 그 연결이 매끄럽지 않으리라는 걸 알았다. 그게 이 글을 쓰게 했다.

바깥쪽으로, 바깥으로, 바깥짝으로

그는 안에서 책을 읽고 있다.

바깥에서 보기에 안은 안온해 보일 것이다.

 벽지는 미색이다. 조명은 은은하다. 벽난로에서 뿜어져

나오는 것은 분명 훈김일 것이다.

그는 외부인의 시선으로 안을 훑어본다.

제 삶을 구성하는 요소들에 아주 잠시 만족한다.

*

그는 오늘 누군가로부터 전화를 받았다.

누군가가 아닐지도 모른다.

그것은 녹음된 목소리였다.

당신은 지난 사흘간 실수한 적이 있습니까.

그것은 묻고 있었다.
목소리에는 어떤 감정도 실려 있지 않았다.
실수를 미리 차단하기 위해 주머니 깊숙이 손을 감춘 사람 같았다.

그러나 그것을 사람이라고 불러도 좋을까.
녹음된 목소리에서 도저히 사람의 흔적을 찾을 수 없었다.

그는 지난 사흘을 돌이켜보는 대신, 녹음된 목소리를 반복해서 들었다.

당신은 지난 사흘간 실수한 적이 있습니까.
당신은 지난 사흘간 실수한 적이 있습니까.
당신은 지난 사흘간 실수한 적이 있습니까.

누군가가 아닐지도 모른다.

무언가일지도 모른다.

분명 무언가다.

그러나 더없이 생생했다.

낯선 번호로 걸려온 전화를 받은 것이 중차대한 실수였다.

중요하면서도 커다란, 온종일 매달리게 만드는, 외부인의 갑작스러운 침입 같은.

*

그는 묻기만 하고 답하지는 않는 상대의 목소리 때문에 답답해졌다.

아무런 대꾸도 하지 못한 자신에게 화가 났다.

적어도 앞으로 사흘간은 오늘 일이 떠오를 것이다.

상념을 잠재우기 위해 그는 더 중요하고 커다란 상념으

로 도피하고자 한다.

　책을 읽기로 한다.

　　　　　　　　　　　*

　그의 책상에는 몇 권의 책들이 놓여 있다. 그는 여러 권의 책을 동시에 읽는 경향이 있다. 그것들은 서로 영향을 주고받는다. 내용이 얽히고설켜 새로운 장면을 구성하기도 한다. 소설과 비소설이, 시와 자연과학이, 먼지와 타조가, 빅뱅 이론과 정화수가, 마라톤과 기계공학이 한데 어우러진다. 내용이 변형되는 것은 아니다. 그것은 오히려 다시 태어나는 것에 더 가깝다. 한 번도 쓰인 적 없는 이야기가 아니다. 한 번도 제대로 들려진 적 없는 이야기다.

　그의 머릿속이 이것들을 익반죽한다. 책의 내용이 가루가 되고 그의 열정이 뜨거운 물이 된다. 뜨거운 물을 살짝살짝 뿌려야 하는데 간혹 실수로 그것을 들이부을 때가 있다. 그때마다 이야기는 거대해지고 감정은 폭발하며 정념은 불타기 시작한다. 한 번도 제대로 들려진 적 없는 이야기가 봇물 터지듯 쏟아져나온다.

그는 제 머릿속의 주관을 믿는다. 보이지 않아도 속에 있다는 이유로, 안에 자리하고 있다는 이유로.

그는 그것을 문학적이라고 생각한다. 그러면서 그는 자신이 그다지 문학적인 사람은 아닐 거라고 짐작한다.

너는 피도 눈물도 없어.

그는 저런 말을 들은 적이 있다. 그것은 마치 인간이 아니라는 말처럼 들렸다. 인간성을, 인간다움을 요구하는 말처럼 들리기도 했다.

그래도 나는 생각을 하잖아.

저 말을 하고 그는 상대와 헤어졌다. 한때 사랑하기도 했던 사람이었다. 둘 사이는 아주 잠시였으나 세간의 이목을 끌기도 했었다.

그래서 나는 생각을 하잖아.

그는 그때 자신이 이렇게 말했어야 한다고 생각한다. 머릿속의 주관主觀이 주관主管이 되고 있다.

*

그가 읽고 있는 책이 보인다. 마크 A. 호킨스가 쓴 『당신은 지루함이 필요하다』다. 그는 외부인의 시선으로 그 자신을 관찰하는 게 슬슬 지루해지려고 한다. 어떻게든 필요함에 가닿아야 한다고 느낀다.

그는 며칠째 어떤 구간에 머물러 있다. 마魔의 구간처럼 쉽게 넘어가지 못하는 중이다. 브랜디 한 방울을 떨어뜨린 커피의 힘을 빌려보기도 하고 양미간에 힘을 주어 집중력을 더해보기도 했지만 소용없었다.

한 문장을 여러 번 읽는다는 것은 읽는 이가 이해하지 못했다는 것이다.

지루함을 회피하는 가장 극단적인 방법 중 하나가 남는 시간을 사람으로 채우는 행위다.*

한 문장을 여러 번 읽는다는 것은 문장으로부터 이해받지 못했다는 것이다.

그는 읽던 책을 덮어버린다. 정확히 어제와 똑같은 대목에서.

*

그는 지금 그가 아닌 척, 그를 대변하고 있다. 그러나 시점이 바뀐다고 '나'가 사라지는 것은 아니다. 오히려 관찰자가 자신의 역할을 왜곡하거나 축소할 때, 나는 두드러지거나 외면된다. 괴상하게 포장되기도, 입체성을 잃고 납작해지기도 한다.

그는 취사선택에 대해 생각하고 있다. 지금까지 편견이라는 씨실과 고정관념이라는 날실로 구성된 체에 얼마나 많은 것이 걸러져왔을까. 낯설다는 이유로, 보잘것없다는 이유로, 생명이 아니라는 이유로, 지금 당장 필요 없다는

---

*마크 A. 호킨스, 『당신은 지루함이 필요하다』, 서지민 옮김, 틈새책방, 2018, 126쪽.

이유로, 내게 이익이나 불이익을 가져다주지 않는다는 이유로.

선택의 갈림길에 섰을 때, 그는 아마도 생명의 경중을 따지는 사람이 되었을 것이다. 익숙한 것을 흡수하며 자족하는 때도 많았을 것이다. 머릿속의 주관을 믿고 경험이나 지식을 체득했다는 사실에 뿌듯해하기도 했을 것이다.

그것들은 그의 세계에서 진리가 되었을 것이다.

당신은 지난 사흘간 실수한 적이 있습니까.

결국 그 혼자만 오롯이 남았을 것이다. 묵묵부답하는 그 자신만 남루하게 존재했을 것이다.

*

그는 책상 위의 다른 책을 펼친다.

소리는 자신이 사상이라고도, 의무나 기타 무엇이라고도 생각하지 않으며 자기 해명을 위해 다른 소리가 필요하다고도 생각하지 않는다. 소리에게는 생각할 시간 자체가 없다. 스스로의 특성을 내보이느라 바쁘기 때문이다. 소리는 사라져 없어지기 전에 진동수와 세기, 음길이, 배음 구조 및 이러한 특성들과 소리 자체의 정확한 형태를 완벽히 정해놓지 않으면 안 된다.*

벽시계에서 일곱시를 알리는 종소리가 들린다. "생각할 시간 자체가 없"어서 울리고 마는 소리에 대해 생각한다. 어쩌면 생각할 시간 자체가 없는 것은 과거의 그일지 모른다. 그는 자신이 생각할 수 있다는 이유로 생각할 시간 자체가 없는 것들, 스스로 생각하지 못한다고 여겨지는 것들을 배제한 적이 있었다. 인간임을 앞세운 행위가 역설적으로 인간성을 상실하게 만들 수 있음을 몰랐던 시절 얘기다.

종소리 나는 벽시계를 쓰는 사람이 아직 있네요?

오래전이었다. 이웃은 그의 집에 방문하자마자 다짜고짜

---

* 존 케이지, 『사일런스』, 나현영 옮김, 오픈하우스, 2014, 15쪽.

저 말부터 했다. 며칠 전에 이사했다고 말하며 잘 부탁한다고도 덧붙였다. 그는 말문이 막혔다. 아날로그와 디지털 사이에서 발생하는 오차처럼 점점 명백해졌다. 무엇이? 불쾌감이.

이웃은 제집과 그의 집을 비교해가며 무엇이 좋고 나쁜지를 조목조목 따졌다. 디지털처럼 중간은 없었다. 이웃에게 그의 집 구조는 나쁘고 벽지 색깔은 좀더 나쁘고 조명 조도는 몹시 나쁘게 평가되었다. 그들은 우월감을 확인하기 위해 이곳에 온 게 틀림없었다. 외부인의 침입에서 자신의 집을 보호해야 한다는 생각이 들었으나 입이 쉽사리 떨어지지 않았다. 그들은 벽시계가 여덟시를 알리자 키득대며 돌아갔다. 그는 아날로그 상태로 남겨졌다. 인간은 사이間를 상정하는 말일진대, 그때 그는 그들 사이에 존재하지 않는다고 느꼈다. 다름 아닌 자기 집에서.

벽시계와 벽난로, 그는 기댈 곳에 자꾸 사물을 들였다. "사라져 없어지기 전에" 더 많은 궤적을 남기고 싶었다. 사물이 궤적을 남기지 않더라도 그것의 '있음'을 능동적으로 기억하고 싶었다.

*

책상에 있는 다른 책 한 권을 읽다가 그는 그때의 이웃을 떠올린다. 불쾌한 감정이 되살아난다. 그들은 그의 집에 방문한 지 얼마 지나지 않아 또다른 곳으로 이사했다. 살던 데보다 집 구조와 벽지 색깔과 조명 조도가 조금 더 완벽한 곳으로 갔을 것이다.

나는 우리 사이에 존재하던 무게의 차이를 간단히 지워버렸다. 나는 나의 삶을 바꾸고 싶지는 않았으므로, 나는 이대로도 충분히 안전했으므로, 차이를 지워버리기만 한다면 우리는 언제고 지금과 같을 수 있었으므로, 나는 그와 나 사이의 경제적 차이를 지워내고 심지어 그 차이가 존재하지 않는 것으로 만듦으로써 그의 입을 막아버렸다.*

그는 그때 "사이에 존재하던 무게의 차이"를 지워버리는 것이 옳았었는지 자문한다. 그게 간편한 방식이기는 했다.

---

* 이소진, 『경험이 언어가 될 때』, 문학과지성사, 2023, 107~108쪽.

상대의 말에 맞장구를 치고 너스레를 떠는 방식으로 그 시간을 통과할 수 있었을 것이다. 반대로 안전하지 않은 방식으로 대응할 수도 있었을 것이다. 특별히 유대감이 있는 관계도 아니었으므로, 무례함에 대해 조목조목 따져가며 비판할 수도 있었을 것이다. 여차하면 비판이 비난으로 이어질 수도 있었을 것이다. 차이는 선명해지고 사이는 떴을 것이다.

어느 쪽을 선택했든, 없던 '사이'가 만들어지지는 못했을 것이다. 그때 그 자리에는 사람만 있었다. 인간은 없었다.

*

바깥으로 나가야 한다.

그는 원한다.

바깥으로 나가기 전에는 바깥쪽을 가늠해야 한다.

그는 생각한다.

바깥으로 나가서는 아예 바깥쪽까지 나아가야 한다.

그는 다짐한다.

*

그에게 처음으로 바깥을 떠올리게 해준 존재는 책이었
다. 우물 안 개구리는 책을 통해 우물 밖을 상상하게 되었
다. 책은 사람처럼 외면하지도, 인간처럼 질투하지도 않았
다. 그는 남들과 비슷해지는 대신, 자기 자신에게 가까워지
기로 마음먹었다.

예전 친구들과 예전에 살던 방식은 떨쳐버렸고, 새 친구는
없으므로, 그에게 남은 일은 독서뿐이었다. 보통 사람이라면
눈이 열 개라도 망가졌을 정도로 책 읽는 시간이 길었지만,
그는 눈이 좋았고 최상의 강인한 체력이 뒷받침하고 있었다.
더군다나 그의 머리는 휴경지나 다름없었다. 책에 씌어 있는
추상적 사고에 관한 한평생 빈 땅이었으니 바야흐로 파종할
때였다. 공부에 질린 적이 없는 머리는 책의 지식을 날카로

운 이빨로 꼭 물고 놓치지 않았다.*

"한평생 빈 땅"이었던 머리에 활자로 된 씨앗을 심기 시작하자 이상한 일들이 벌어졌다. 머릿속에 수풀이 우거지고 그 안에 몰랐던 존재들이 들어섰다. 몰랐던 존재에는 미처 인식하지 못한 존재보다 알고 있었으나 타성에 젖어 지나치고 말았던 존재가 훨씬 더 많았다. 책을 읽을 때 그의 머릿속은 '공간'에서 '장소'가 되었다. 죽은 사람이 눈앞에 나타나고 나무가 말을 걸고 공장 굴뚝이 의견을 피력하는 장소 말이다. 파종이 결실로 변모하는 데에는 그리 오랜 시간이 필요치 않았다.

그는 드디어 자신이 객관客觀**의 세계에서 주관主觀***의 세계로 넘어왔다고 생각했다.

수백 수천년 세월 동안 글쓰는 이들이 아껴온 글자, 그 안

---

* 잭 런던, 『마틴 에덴 1』, 오수연 옮김, 녹색광선, 2022, 82쪽.
** 주관 작용의 객체가 되는 것으로 정신적·육체적 자아에 대한 공간적 외계. 표준국어대사전.
*** 외부 세계·현실 따위를 인식·체험·평가하는 의식과 의지를 가진 존재. 표준국어대사전.

에는 도대체 몇 겹의 사연과 몇 겁劫의 인연이 깃들어 있는 걸까.*

그는 책을 통해 난생처음 연결되었다는 느낌을 받았다. 책상 위는 바깥쪽으로, 바깥으로, 바깥짝으로 향하는 곳이었다. 연결되었으므로 큰 어려움 없이 다시 돌아올 수 있었다.

*

소크라테스는 이렇게 말했다.

Unexamined life is not worth living.

책에는 저 말이 이렇게 번역되어 있다.

탐구되지 않은 삶은 가치가 없다.**

---

*최다정, 『한자 줄기』, 아침달, 2023, 36쪽.
**마크 A. 호킨스, 앞의 책, 21쪽.

그는 이 문장을 이렇게 해석한다.

　반성하지 않은 삶이 가치가 있을까.

세 번의 '이렇게'가 머릿속에 울려퍼진다.
이렇게, 이렇게, 이렇게. 메아리처럼.

책을 읽다 부딪히는 순간마다 그는 메아리를 떠올린다.
온몸으로 되울리고, 달라진 상태로 돌아온다.

*

오래전 그는 책을 읽을 때 높고 튼튼한 탑을 떠올렸었다.
탑은 한 권 한 권의 책을 가리키는 비유가 아니었다. 그는
스스로가 높고 튼튼한 탑이라고 믿었다. 한 권 한 권의 책은
그에게 일종의 실내장식이었다. 조명이나 탁자, 의자나 꽃
병, 벽시계나 벽난로가 될 수 있을지언정 문이나 창문은 되
지 못했다. 그는 오직 자기 자신만이 문을 여닫을 수 있다고
믿었다.

그때 그는 자기 자신을 소외시키고 있었다. 스스로로부터.

그 탑을 무너뜨린 것도 그 자신이었다. 문을 내기 위해, 창문을 열기 위해.

*

그에게 독서란 머릿속에 금 그어진 경계를 허물어뜨리는 일이었다. 그는 안에서 바깥쪽으로, 바깥쪽에서 바깥으로, 바깥에서 바깥짝으로 걸어간다. 외부인이 되어 제 안을 바라보기 위하여. 그 누구도 소외되지 않기를 바라는 마음으로, 그 무엇도 배제되지 않기를 바라는 마음으로.

때마침 펼쳐진 책에서—그는 펼친 기억이 없는 책에는 꼭 '펼쳐진'이라는 수식어를 붙였다—이런 문장이 보인다.

그만 쓰자

끝. *

---

* 최승자, 『한 게으른 시인의 이야기』, 난다, 2021, 189쪽.

외부인의 침입은 불쾌하지만 스스로 외부인이 되는 일은 유쾌하다. 무엇보다 중차대하다.

오.발.단 : 책치레

오늘 발견한 단어는 '책치레'다. "책을 단장하여 꾸밈. 또는 그런 치레" "집안이나 방안에 책을 많이 갖추어 치레하는 일"을 가리키는 말이다. 바닥에 수북이 쌓인 책들을 보니 책을 단장하여 꾸미는 게 가능한 일인지 자문하게 된다. 그리고 집안이나 방안에 책을 많이 갖추는 게 '치레'가 될 수 있는지 의구심이 인다. 말치레, 인사치레, 체면치레 등 치레는 들키게 마련인데 책치레라고 해서 다를 게 있을까. 책이 많다는 사실은 책을 많이 읽었다는 것을 증명하지 못한다. 책을 많이 읽을 수도 있음을 넌지시 보여줄 뿐. 아, 바로 그 이유로 책치레가 가능한 것이로구나!

5
월
23
일

에세이

2009년 상반기에 받은 메일에는 십오 년이 지난 지금까지도 답장하지 못했다. 교통사고로 인해 반년 뒤에야 메일을 읽게 되었는데, 하나하나가 각별해서 짧은 답장을 하기에는 마음이 편치 않았다. 2009년 5월 23일에는 세 통의 메일이 와 있었다. "내 빈자리가 참 크더라" "다시 만날 날, 기다린다" "얼른 나아서 간장게장 먹어야지" 같은 말들은 지금 봐도 북받친다. 하나같이 '자리'의 말들이다. 사람이 차지하는 공간, 변화를 겪은 흔적, 사람이 모이는 기회…… 저 모든 자리에는 온기가 필요하다.

그해 5월은 축축했다

2009년 늦봄, 나는 병원에 있었다. 3월에 첫 시집이 나왔고, 같은 달 큰 교통사고를 당했다. 비 오는 날 밤에 길을 건너다 차 두 대에 치인 것이다. 시속 110킬로미터로 달리던 택시에 치여 쓰러져 있는데, 역시 빠른 속도로 달리던 차가 머리를 치고 달아났다고 한다. 두번째 차의 운전자를 찾기 위해 사고 현장 부근에 '목격자를 찾습니다'라는 현수막이 꽤 오랫동안 걸려 있었다고 한다. 나는 늦봄에야 이 이야기를 들을 수 있었다.

응급실과 중환자실에서 오랫동안 시간을 보냈다. 팔과 다리, 그리고 머리를 크게 다쳤다. 당시의 나에게 가장 필요했던 것은 기적이었다. "기적적으로 깨어났어요" "그렇게 큰 사고에서 살아난 것만 해도 기적이에요" 혹은 "다시 깨어

낮을 때 예전과 똑같다면 그게 바로 기적이 아닐까요" 같은 말이 절실했다. 만사 제쳐두고 고향에서 올라온 엄마는 보호자용 간이침대에서 매일 밤 쪽잠을 주무셨다. 나보다 더 간절히 기적을 바라던 사람이었을 것이다.

그해 늦봄은 뿌옜다. 일반 병실로 옮겨진 나는 여느 때처럼 쾌활했으나 종종 헛소리를 해서 주변을 놀라게 했다. 병문안을 온 사람을 알아보고 반색한 뒤, 어쩐 일로 미국까지 왔느냐 물어보기 일쑤였다. 계절을 혼동해서 올여름은 사상 초유의 폭염이라느니, 작년 겨울에 일어난 우주 대폭발로 우리는 내내 아열대기후에서 살게 될 거라는 실언도 서슴지 않았다. 병원은 늘 적당한 온도와 습도를 유지하고 있었으나 내 머릿속은 이상한 생각으로 가득차 있었다. 고통도, 기쁨도, 슬픔도 잘 느끼지 못하던 시기였다.

봄의 끄트머리에 뇌 수술을 받았다. 사고 당시 아스팔트에 부딪힌 충격으로 머리에 고인 물을 빼는 수술이었는데, 이 수술이 끝나고 나서야 다시 2019년 5월에 안착할 수 있었다. 그제야 내가 사고를 당했다는 사실도 순순히 인정하게 되었다. 정신이 드니 재활 치료의 고통은 생생했다. 바스러진 오른팔의 팔꿈치 관절을 다시 이어붙이는 수술을 받았던 날, 나는 이동식 침대 위에서 노무현 전 대통령의 서거 소식을 접했다. 병원 로비에 있는 TV를 통해서였다. 어느 순간 꺽꺽 울음을 터뜨리고 말았다. 전신 마취가 풀리던 와중, 사람을 살리는 공간에서 접한 죽음 소식이 더더욱 뼈아파서였을 것이다. 사흘 뒤는 내 스물여덟번째 생일이었다.

기적적으로 살아 돌아온 사람과 스스로 죽음을 선택한 사람. TV 속에서 본 장면이 자꾸 떠오를 때마다 나도 모르게 소스라쳤다. 그 외의 대부분 시간은 멍한 상태였다. 엄마는 내가 괜찮은지 틈틈이 이것저것을 물었다. 그것은 내가 지금 여기에 있다는 사실을 인정하는 물음이기도 했다. 나는 살아 있었고, 살아 있는 사람이 으레 할일을 해야 했다. 휠체어를 타고 병원 뒤뜰에 나왔을 때, 살면서 단 한 차례도 와보지 않았던 동네에 내가 있음을 깨달았다. 홍제동이었다. 늦봄 햇살이 푸지게 쏟아질 때, 잊고 있었던 시를 아주 잠시 떠올리기도 했다.

병원에서의 시간은 더디게 흘렀다. 이러다 내년에도 병원에 있어야 할 것 같다는 불안감에 사로잡혔다. 나가겠다고 떼를 쓰는 대신, 나는 병원에서의 시간을 잘 보내기로 결심했다. 살아 있는 사람이 해야 할 일이었다. 낙관 이전에는 긍정이 있어야 했다. 상황을 받아들여야 희망을 싹틔울 수 있었다. 형에게 MP3플레이어를 가져다달라고 부탁했다. 리시버를 양쪽 귀에 꽂고 랜덤 재생 버튼을 눌렀다. 그때 처음 흘러나오던 노래가 마이클 잭슨의 〈You Are Not Alone〉이었다. "무언가가 내 귀에 대고 속삭여. 이렇게 말해. 넌 혼자가 아니야." 또다시 속절없는 눈물이 흘렀다.

6월 25일, 병원에서 마이클 잭슨의 사망 소식을 들었다. 노무현 전 대통령의 서거 때와는 달리, 나는 TV를 똑똑히 응시했다. 그는 나의 첫 팝 스타였다. 그해 여름 내내 마이클 잭슨을 들었다. "거울 속 남자부터 시작해볼까. 나는 그에게 사는 방식을 바꾸라고 말하고 있어."(〈Man in the Mirror〉) "너는 사투를 벌이는 중이야."(〈Thriller〉) "지난날을 뒤돌아봤을 때 네가 찾은 게 마음에 들지 않더라도, 이것만은 알아야 해. 네게 갈 곳이 생겼다는 걸."(〈Ben〉) 앉은자리에서 할 수 있는 일들이 하나둘 그려지기 시작했다.

그해 5월은 축축했다. 높은 습도 때문에, 멀고도 가까운 죽음 때문에, 제어되지 않는 눈물 때문에 5월부터 여름까지 자주 비가 내렸다. 거울 속 남자가 사투를 벌이다 자신이 있어야 할 곳으로 떠나는 이야기가, 그해 여름에 시작되고 있었다. 삶이었다.

오 · 발 · 단 : 앉을자리

오늘 발견한 단어는 '앉을자리'다. "어떤 일이 벌어진 바로 그 자리"를 뜻하는 '앉은자리'에 으레 사람이 등장한다면, "물건이 자리에 놓이게 된 밑바닥"을 뜻하는 '앉을자리'는 사물과 함께 쓰인다. "그는 앉은자리에서 모든 일을 다 처리했다" "앉을자리가 편평해야 가구가 흔들리지 않는다"와 같이 활용되는 것이다. 앉은자리에서 모든 일을 다 처리하지도 못할뿐더러, 앉을자리가 편평해도 흔들리기 일쑤인 작금의 내게 실로 시의적절한 예문이 아닐 수 없다.

에세이

'오다'에는 전제가 필요하다. 주문해야 택배가 오고 약속해야 당신이 온다. 웃으면 복이 오고 밥을 먹으면 졸음이 온다. 나고 자란 곳에서부터 말씨가 오고 전쟁이 끝나야 마침내 평화가 온다. 그냥 오는 것처럼 보이지만, 매년 힘겹게 오는 건 봄도 마찬가지다. 하물며 인생의 봄은 어떻겠는가.

시앗 찾기

길을 걷다가 한 아이의 목소리를 들었다. "웃으면 봄이 와요." 메다꽂듯, 어깨를 얼어붙게 한 그 말로 인해 한동안 나는 제자리였다. 뒤돌아보니 아이가 환히 웃고 있었다. '복'을 잘못 발음해서 '봄'이라고 했다기에는 지나치게 한봄이었다. 봄의 정중앙을 겨냥하는 말이었다. 곳곳에 꽃이 피고 볕이 푸진 봄날이었다. 웃으면 봄이 온다니, 움츠러든 몸을 쫙 펴게 만드는 말이었다. 제자리여도 좋았다. 제자리라서, 그 말을 들을 수 있어서 다행이었다.

곁에 있던 어른 중 그 누구도 아이에게 "웃으면 복이 와요"가 맞는 문장이라고, 봄이 온다고 표현하는 건 말이 안된다고 말하지 않았다. 그 '않음'이 좋았다. 덕분에 아이의 말은 그 순간에 안착할 수 있었다. 실언이었다고 해도 그 자체로 시 같고, 원래 갖고 있던 생각이 튀어나온 것이라면 아이는 봄을 다르게 받아들이는 법을 이미 알고 있는 것이니까. 아이가 웃으며 봄 안으로 걸어가고 있었다. 아니, 아이가 웃어서 봄이 성큼성큼 오고 있었다. 동심과 봄날은 짝꿍 같았다.

그때 "웃으면 왜 봄이 올까요?" 물었다면 아이는 뭐라고 답했을까. "기분이 좋잖아요"나 "따뜻해져서요"라고 답하지 않았을까. 상상은 제자리에서 뭉게뭉게 피어오른다. 머문 듯 보여도 사방팔방으로 생각이 뻗어나가는 시간이다. 씨앗을 심은 땅 위로 싹이 돋고 그 싹이 햇빛과 빗물을 양분 삼아 쑥쑥 자라나는 장면이 눈앞에 펼쳐진다. 싹이 자라나 무엇이 될지는 아직 알 수 없다. 웃으면 봄이 온다고 말했던 아이의 미래를 내가 감히 짐작할 수 없는 것처럼.

이런 순간들을 일컬어 남몰래 '시앗'이라고 불러왔다. '시의 씨앗'을 줄여서 부르기 위해 혼자 만든 말이다. 혹시나 하고 국어사전을 찾아보니 시앗이라는 단어가 이미 있다. 그것이 "남편의 첩"을 가리키는 단어라고 해서 화들짝 놀랐다. 시앗과 관련한 속담도 자그마치 여섯 개나 된다. 요즘은 거의 쓰이지 않는 단어지만 하루빨리 없어졌으면 좋겠다는 생각도 든다. 사람들이 잘 모르는 단어니까 자의적으로 붙인 시앗의 좋은 의미를 널리 알리고픈 별쭝맞은 마음도 생긴다.

시가 할 수 있는 일 중 하나가 단어의 새로운 면을 발견하게 해주는 것이다. '먹다'라는 단어에서 '겁먹다'를 떠올린 뒤 '마음먹다'를 연결할 수도 있고, '기대앉다'라는 단어를 통해 '기대다'와 '앉다'가 얼마나 편한 상태인지 환기할 수도 있다. '더딜없이'라는 단어를 이야기하며 더하거나 덜함이 없을 때 찾아오는 깔끔함을 맛보게 할 수도 있고, '햇덧'이라는 단어로 해가 더해주는 혜택을 느끼게 할 수도 있다. '가만하다'와 '사뿐하다'를 둘 다 포함한 '가만사뿐'이라는 단어를 가만사뿐 발음해보는 즐거움도 시가 선사하는 즐거움이다.

동시에 시는 시대착오적인 언어의 뜻을 다른 방향으로도 돌릴 수 있다. 소수에게만 전유專有된 단어를 더 많은 이가 사용할 수 있게 전유專有할 수도 있다. 앞의 전유가 "혼자 독

차지하여 가지다"란 뜻이라면, 뒤의 전유는 "식민지인의 관
점에서 '되받아 쓰는' 저항의 목소리로 다시 태어난다"란 뜻
이다. 이는 생명력이 다한 말에 숨결을 불어넣는 일이거나
시대착오적인 단어에 새롭게 자랄 기회를 주는 일일 것이
다. 시가 궁극적으로 벗어나는脫 일을 지향한다면, 그 출발
점은 바로 사회에 만연한 편견과 고정관념, 차별과 배제일
것이다. 머릿속과 백지는 매일 그 탈출이 이루어지는 현장
이다.

  돌아오는 길, 웃으면 복이 오고 봄이 오는 것이 즐거워서
또 뭐가 오거나 될 수 있을지 가만사뿐 떠올려보았다. 웃으
면 어수룩해서 이용해 먹기 좋은 사람인 '봉'이 되거나 특정
작업을 반복하는 '봇'이 될 가능성도 있지만, '볼'에 기꺼이
우물을 만드는 '본'보기가 될 수도 있을 것이다. 상상의 힘으
로 제자리를 찾아가게 만드는 시앗의 힘이다.

─────── 오·발·단 : **가벼운시옷** ───────

  오늘 발견한 단어는 '가벼운시옷'이다. 가벼운시옷은

"옛 한글 자음 'ㅿ'의 이름"을 가리킨다. 가벼운시옷은 있지만 무거운시옷은 없다. 가벼운시옷은 반시옷이라고도 불린다. "시작이 반이다"라는 말처럼, 반을 던 몸과 마음은 얼마나 가벼울까. 가벼운시옷은 사이시옷처럼 골몰하게 하지도 않고 쌍시옷처럼 도드라지지도 않는다. 가벼운시옷이 가벼운 시의 옷이면 얼마나 좋을까. 시의 마지막 행까지 한달음에 미끄러질 수 있을 텐데.

시

박태하 작가의 인스타그램에서 사진을 한 장 보았다. '일제때비누 3,000원'이라고 적힌 푯말이었다. 동글동글한 글자 뒤로 포장된 비누들이 한가득 쌓여 있었다. 포장지를 뜯으면 알록달록한 비누들이 너도나도 고개를 내밀 것 같았다. 사진은 순간을 붙박은 것이지만, 나는 그 순간을 길게 늘여 이야기로 만드는 것을 좋아한다. 그 이야기에 귀여운 반전이 있다면 더한층 좋을 것이다.

제일때비누

가판에서 마주한 다섯 글자
일제때비누
상자를 오려 만든 팻말에
마술이라도 부린 듯이
매직펜으로
일 제 때 비 누
한 글자씩 담겨 있었다
수레에 수북이 쌓인 비누들
노랗고 빨갛고 파란 비누들
일제 '때 비누'일까
'일제 때' 비누일까
그렇다면
'일제 강점기 때 비누'라고

고쳐 써야 하는 게 아닐까

'수레'라는 명사와

'수북이'라는 부사는 썩 잘 어울린다고

잠시 딴생각하고 있는데

그새 때를 뺐는지

연노랗고 발갛고 파르스름한 비누들

혹시 '일 제때 비누'는 아닐까

비누의 일도 제때 이뤄져야 하니까

씻기고 닦이고 벗긴 후

거품으로 유유히

씻은 듯이 사라져야 하니까

비누가

연노랗고 발갛고 파르스름해질 때

거품은

땟국에 탁하고 걸쭉해질 것이다

상상에 걸쭉한 웃음을 더하고 있는데

수레 뒤에 서 있던 상인이

망중한을 비집고

팻말을 집어들었다

일제때비누는 순식간에 제일때비누가 되었다

그새 새옷을 입었는지

연노랗고 발갛고 파르스름한 비누들이

노랗고 빨갛고 파란 비누들로

그 비누들이 다시

감노랗고 새빨갛고 파랗디파란 비누들이 되었다

마술이 풀리고

비누는 다시 제 일을 하기 시작했다

자신이 제일 잘하는 일을

수레가 우북수북 요란할 정도로

오.발.단 : 들부셔내다

오늘 발견한 단어는 '들부셔내다'다. 이 단어는 "더럽고
지저분한 것을 깨끗이 씻어내거나 치워내다"라는 뜻이
다. 씻거나 치우는 데서 그치지 않고 그것을 '내는' 데까
지 나아가는 동사다. '내다'는 본디 보조동사로 "앞말이
뜻하는 행동이 스스로의 힘으로 끝내 이루어짐을 나타
내는 말"이다. 주로 그 행동이 힘든 과정일 때 쓰인다고

한다. '하다'와 '해내다', '뽑다'와 '뽑아내다', '얻다'와 '얻어내다'의 차이를 생각하면 좋을 듯하다. 하나하나 들어서 눈부시게 만드는 일, 비누가 하는 일 또한 들부셔 내는 일이다.

5
월
26
일

에세이

5월은 기념일이 가장 많은 달이다. 이래저래 찾아야 할 곳도 많아서 날씨와 주머니 사정이 불안정하게 되는 달이기도 하다. 기념일은 누군가에게 집중하면서 의도치 않게 또다른 누군가를 배제하는 날이기도 하다. 5월의 무수한 기념일 중 나를 위한 날도 있을까. 없다면 하나 만들어도 되지 않을까. 그래서일까. 내가 5월에 태어난 것은!

태어나는 마음

「1년」이라는 시에서 나는 이렇게 썼다.

5월엔 정체성의 혼란이 찾아옵니다

근로자도 아니고

어린이도 아니고

어버이도 아니고

스승도 아닌데다

성년을 맞이하지도 않은 나는,

과연 누구입니까

나는 나의 어떤 면을 축하해줄 수 있습니까[*]

---

[*]「1년」 부분, 『우리는 분위기를 사랑해』, 문학동네, 2013.

기념일들이 몰려 있는 5월에는 축하하기 바쁘다. 찾아야 할 결혼식도 많아서 한 달 내내 축하하는 기분이다. 거리를 거닐 때도 선물이나 꽃다발을 들고 환히 웃고 있는 이들을 자주 마주치게 된다. 오늘이 무슨 날인가? 혼잣말하다가도 아, 그래, 5월이었지, 오므려 있던 것이 활짝 피어나는 때지, 싹튼 것이 우거지는 때지, 금세 깨닫곤 한다. 5월의 거리 곳곳에서는 신열과도 같은 들뜸을 발견할 수 있다. 그 들뜸이 아지랑이처럼 아른아른 가물거리는 기억으로 남을 것이다. 자신에게도 언젠가 저런 날이 올 거라 희망을 품는 이도 있을 것이다. 봄볕이 푸지기에 축하를 하는 사람도, 그것을 받는 사람도 표정이 밝다.

이 시는 쓴 지가 오래됐는데도, 썼을 때가 또렷이 떠오르는 것을 보니 축하의 열기에서 아직 벗어나지 못한 듯도 싶다. 어쩌면 축하할 일만 많고 축하받을 일은 하나도 없던 시기의 초라함 때문일지도 모르겠다. 공익근무요원 소집해제 이후 첫 직장에 입사하기 전까지 몇 개월의 여유가 있었다. 여유라고 짐짓 거드름을 피워보았지만, 실은 두려운 시기였다. 서른이었는데도 무엇을 해야 할지 결정된 게 아무것도 없었기 때문이다. 2012년, 창문을 열어보지 않아도 날은 매일 지나치게 밝았고 방안의 암막 커튼은 미동도 하지 않았다. 누구를 만나는 일도 재미없었다. 삶의 분기점이었지만 나조차 내 마음이 가리키는 데가 어딘지 알지 못했다.

친구들은 모두 어엿한 직장인이었다. 이미 결혼한 친구도 여럿이었다. 외국에서 박사 과정을 밟는 친구도, 자신의 이름을 걸고 가게를 운영하는 친구도, 일찍 취직해서 승진을 두 번이나 한 친구도 있었다. 그들을 만나면 괜히 위축되었다. 내가 제대로 살고 있지 않는 것처럼 느껴졌으니까. 정작 그들은 "너는 시인이잖아" 혹은 "자유롭게 사는 게 좋지" 같은 말로 나를 위로했다. 내가 취업 경쟁에 본격적으로 뛰어들지 않을 때조차 친구들은 그것을 느긋함이라고, 이미 어떤 것을 이룩한 사람이 잠시 시간을 갖는 건 당연한 거라고 추어올렸다. 그럴 때마다 마음이 더 급해졌다. 심장 박동이 더 빨라졌다.

그날 만난 친구는 직장에 대한 푸념을 한아름 늘어놓았다. '너도 알지?'의 눈빛으로 전달되는 기운을 나는 "그럼, 알지!"라고 받아치며 온몸으로 흡수하고 있었다. 내가 발들일지도 모를 세계를 깊숙이 들여다본 느낌이었다. 내가 발들일지도 모를 세계에서 미리부터 뒷걸음질하고 있었는지도 모르겠다. 말들의 홍수 속에서 빠져나왔을 때는 이미 기진맥진이었다. 지하철역 근처에서 친구와 헤어지려는데, 생긴 지 얼마 안 된 가전제품 판매 업장에서 설문조사를 하고 있었다. 서면 조사 응답을 끝까지 하면 키친타월을 준다고 했다. "우리 저거 하고 가자." 친구의 제안에 말없이 고개를 끄덕이고 말았다. 키친타월을 타면 살림에 보탬이 될 거라는 생각이었을까, 아니면 '너도 알지?'의 눈빛에 대한 자동반사 같은 것이었을까.

객관식과 주관식이 뒤섞인 질문에 어렵사리 답변하고 설문의 마지막에 다다랐다. "귀하의 직업은 무엇입니까?" 보기를 훑는 눈동자가 격렬하게 흔들렸다. 열두 가지 항목에 당연히 나를 위한(?) 직업은 없었다. 나는 직업이 없었으니까. 그 직업이 맞는지 확인하는 절차가 따로 있는 것도 아니었지만, 아무 보기나 선택할 수는 없었다. 친구가 심상하게 말을 건넸다. "은아, 여기 있잖아. '⑨ 문화·예술인'." 심상한 말에 심상찮음을 발견한 사람처럼 당황한 나는 '⑫ 기타' 칸에 체크했다. 바로 옆의 괄호 속에는 "구직중"이라고 적었다. 당시 나는 시를 써서 일 년에 약 오십만 원 정도를 벌고 있었다. 생활이 아닌 생계를 걱정해야 하는 일이 어떻게 직업이 될 수 있겠는가.

그 순간, 나는 더이상 수동적인 태도로 삶을 마주해서는 안 된다고 생각했던 것 같다. 다가오는 것을 마주하는 자세가 아닌 먼저 다가가 직면하는 자세가 필요하다고 믿었다. 무게가 거의 느껴지지 않는 키친타월을 휘적휘적 흔들며 집에 돌아오는 길, 동네에서 카네이션을 사는 학생들을 보았다. 내일이 스승의날이었다. 그랬다. 축하하는 마음, 감사하는 마음, 애도하는 마음은 태어나는 것이었다. 기념일은 어쩌면 태어난 마음을 눈앞에 자라게 하는 날인지도 몰랐다. 지금의 갇힌 마음으로는 어떤 사람도 선선히 들일 수 없었다. 지금의 닫힌 마음으로는 어떤 것도 쾌히 받아들일 수 없었다. 크게 기지개를 켜고 '1년'이라는 제목을 큼지막하게 썼다. 마음이 풍선처럼 커질 수 있도록. 그것이 터지지 않게 1월부터 12월까지 한 달 한 달을 조심조심 곱씹어

보았다.

얼마 뒤 5월 26일이 되었다. 그날은 내 생일이었다. 5월에도 나는 나를 축하해줄 수 있는 것이다. 직장을 그만두어도, 어린이가 아니어도, 어버이가 아니어도, 스승이 아니고 성년을 맞이하지 않았어도 생일은 매년 돌아오니까. 생일은 매년 태어나니까. 생일이라는 단어가 새삼스러웠다. "세상에 태어난 날. 또는 태어난 날을 기념하는 해마다의 그 날"을 의미하는 단어가 생일이었다. 누군가는 모르고 지나칠 수도, 평생 모른 채로 살 수도 있는 날. 동시에 내가 지금 살아 있다는 사실을 생생하게 증명하고 쌩쌩하게 실감하게 하는 날.

이 시는 쓴 지 점점 오래되겠지만 다음날, 다음달, 다음해가 찾아오는 동안에는 그만큼 더 새롭게 느껴질 것 같다. 삶은 자주 새삼스럽고 이따금 생뚱맞기까지 하니까. 그때부터였을 것이다. 나는 친구들에게 생일 축하 인사를 이렇게 건네곤 한다. "축하해. 잘 태어났다. 태어나서 고마워."

오늘 발견한 단어는 '귀빠지다'다. '귀빠지다'는 "출생하다"를 속되게 이르는 말"이라고 되어 있다. 평범하고 세속적인 말이라는 뜻이다. 아이가 나올 때 귀가 빠져나오면 힘든 고비를 넘기고 순산에 이른다는 데서 유래했다고 한다. 귀빠진 날, 또 빠질 수 있는 것이 뭐가 있나 생각한다. 우리는 눈 빠지게 기다리기도 하고 맥이 빠지면 덩달아 코가 빠진다. 좋아하는 대상이 생기면 넋 빠지는 것은 시간문제다. '수 빠지다'는 "말이나 행동을 실수하여 남에게 약점을 잡히다"라는 뜻이다. 손을 늘 살펴야 하는 이유다. 그러나 큰일을 겪을 때 얼빠지지 않기란 쉽지 않다. 살 빼고는 정말 다들 잘만 빠진다.

시

역설을 좋아한다. "이것은 소리 없는 아우성"(유치환, 「깃발」)을 접했을 때부터 죽 좋아했다. "거스르는 말"이라는 역설의 뜻이 "배반하는 말" "어지러워지는 말" "헤아리는 말"이라는 뜻으로 연결되는 것도 좋아한다. 오래된 뉴스도 좋아한다. 시의성을 잃었으나 그때 그 일이 있었기에 지금 이 일이 일어나거나 일어나지 않을 수 있었을 것이다. 아무래도 나는 연루됨으로써 풍부해지는 말을 사랑하는 것 같다.

오래된 뉴스

미담은 뉴스가 되지 못합니다
사람들은 감동하지 않습니다

움찔할지언정 꿈틀대지 않습니다

성취와 달성과 실현은
실감과 한참 먼 단어입니다

머잖아 더 멀어질 겁니다

남의 집 사정을 봐줄 만큼
피치 못할 불행을 들어줄 만큼
시시콜콜한 사연에 귀기울여줄 만큼

한가한 사람은 없습니다

오늘도

뉴스에서는 바삐 일하는 사람을 보여줍니다

여기

가정을 위해

이십 년간 근속하고

회사를 위해

주말에도 기꺼이 야근하고

나라를 위해

여름휴가마저 반납한 사람이 있습니다

눈살을 찌푸립니다

이게 뉴스입니까?

구전동화 아닙니까?

아예 최면을 걸려는 수작 같은데요?

여기저기서 비난이 쏟아집니다

오래된 뉴스는

아이스 아메리카노처럼 따뜻하고

솜방망이만큼 무겁습니다

내일 쓸 글처럼 당장에만 훌륭합니다

비난의 수위는 매일 경신됩니다

얼음이 녹습니다

솜의 숨이 죽습니다

구두점이 숨어버립니다

뉴스에 관심 없는 건 뉴스가 아닙니다

뉴스가 없는 게 뉴스입니다

그래도 TV를 켜고

라디오를 틀고

인터넷 뉴스를 클릭하고

습관적으로 노트를 펼치는 사람이 있습니다

돌고 도는 게 인생이니까요

역사는 반복되니까요

미움은 사라지지 않고

사랑은 어떻게든 살아남으니까요

주파수를 맞춰야

말이 오가고

가끔가다 뜨겁게

손뼉이라도 칠 수 있으니까요

오·발·단 : **을러방망이**

오늘 발견한 단어는 '을러방망이'다. 시 속 솜방망이에
서 출발한 연상은 빨랫방망이와 도깨비방망이를 거쳐,
지독한 사람을 놀림조로 이르는 지독방망이에 이르렀
다. 쑥방망이, 자주꽃방망이, 국화방망이가 식물의 이
름이기도 하다는 사실을 처음 알았다. 갑자기 얻어맞
는 매는 벼락방망이라 불리고 단단하고 야무지거나 표

독스럽게 생긴 사람을 대추방망이라 일컫는다고 한다. 을러방망이는 "때릴 것처럼 자세를 취하며 겁을 주려고 으르는 짓"을 의미한다. 미소 짓다가 이내 숙연해지고 말았다. 섣불리 으름장을 놓는 사람이 도리어 화를 입는 경우를 여러 차례 보았기 때문이다. 그럴 때 으름장은 꼭 어음장 같았다.

5

월

28

일

일기

교보아트스페이스에서 2023년 11월 21일부터 12월 31일까지 〈올해의 기억〉 전시가 열렸다. 글쓰는 이 다섯과 사진 찍는 이 셋이 참여한 전시에 나는 2023년 5월 28일에 있었던 일을 가지고 글을 썼다. 그날은 일요일이었다. 광명 이케아에 갔다가 어른과 아이의 모습을 보았다. '왜 카트를 안 쓰지?'라는 단순한 생각은 둘의 움직임을 따라가는 동안 감쪽같이 사라지고 말았다. 그날 쓴 일기日記의 일기日氣는 '갬'이었다.

대신 대신 함께

"선생님, 저 좀 도와주세요." 한 아이가 말한다. 상자를 들고 있는 자세가 어딘가 불안해 보인다. 아이의 몸집이 감당하기엔 커다란 상자다. 아이의 두 눈에 그렁그렁 눈물이 맺혀 있다. 한 남자가 뒤돌아본다. 이미 남자의 손에는 상자가 잔뜩 들려 있다. 남자는 들고 있던 상자를 하나하나 조심스레 내려놓는다. 내려뜨리거나 부려버리는 것이 아니다. 상자 속 물건이 상하지 않게 차근차근 옮기는 것에 가깝다. 그 모습이 조금은 답답해 보이기도 한다. 아이는 금방이라도 들고 있는 상자를 떨어뜨릴 것 같다. 나는 상승하는 에스컬레이터에 선 채 그 모습을 내려다보고 있다. 맥박이 빨라진다. 손바닥이 축축해진다.

짐을 다 내려놓은 남자가 아이에게 뛰어간다. 몇 발짝 안

떨어져 있는데도 급박하게. 저럴 거면 상자를 빨리 던져두고 가는 게 좋지 않았을까. 에스컬레이터가 진작 다음 층에 데려다주었는데도, 나는 쉬 자리를 뜨지 못하고 둘을 내려다보고 있다. 어떤 드라마를 기대한 것은 아니다. 상자 속에 어떤 물건이 들어 있는지 궁금해서도 아니다. 그저 무사했으면 했다. 아이가 울지 않았으면. 상자 속 물건이 고스란했으면. 남자가 아이를 다그치는 일만은 벌어지지 않았으면. 우려했던 일은 벌어지지 않았지만, 나는 한동안 거기 그대로 있었다.

"저 너무 힘들었어요." 아이가 자신이 들고 있던 상자를 남자에게 건넨다. 한 층 위에서 지켜보니 그 장면이 마치 느린 동작처럼 느껴진다. 이윽고 남자의 품안에 상자가 무사히 안착하자, 아이는 길게 한숨을 내쉰다. 눈물방울은 그새 눈망울 속으로 자취를 감추었다. "네가 들기에는 너무 커 보였어. 안 된다고 그렇게 말렸는데도 기어이 들겠다고 할 때 알아봤다." 남자가 활짝 웃는다. 한 손으로 이마의 땀을 훔치는 모습이 멀리서도 선명하다. 아이가 자리에 풀썩 주저앉는다. "저 지난달에 2센티미터나 컸어요. 제가 느끼기에 힘도 더 세졌고요." 아이는 하루빨리 어른이 되고 싶은 모양이다. 남자가 가만히 상자를 내려놓고 아이의 머리를 쓰다듬는다. 나도 땀이 나는 것을 보면, 아무래도 건물 안에 온기가 번지고 있는 것 같다.

남자는 상자들이 차곡차곡 놓인 예의 그 자리에 다다른 다. 아이가 벌떡 일어나 졸래졸래 그 뒤를 좇는다. 고작 한 층 위에 있는데도, 그 모습이 흡사 점 두 개가 움직이는 것 처럼 보인다. 큰 점 한 개와 작은 점 한 개. 그리고 말없음표 처럼 놓인 상자들. 상자는 누가 자신을 열 때까지 안에 뭐가 들어 있는지 보여주지 않을 작정인 듯하다. 남자가 상자들 을 재배치한다. 폭이 가장 넓은 것을 맨 아래에 두고 그 위 에 탑처럼 상자들을 쌓는다. 반대편으로 달려가 아래층으 로 내려가서 그들을 도울 생각을 하지 않은 것은 아니다. 그 러나 나는 가만있다. 저 둘의 이야기에 불쑥 끼어드는 게 실 례 같다.

상자는 총 여섯 개다. 너비도 높이도 다르지만, 한데 쌓아 두니 제법 안정되어 보인다. 누가 억지로 밀치지 않으면 쓰러지지 않을 것 같다. 이제 저것들을 남자 혼자 들고 이동할 차례다. 여차하면 저 둘의 이야기에 끼어들어야 할지도 모르지만, 일단은 잠자코 있기로 한다. "가장 큰 것을 먼저 들 테니까 그 위에 상자들을 하나씩 쌓아줄 수 있니?" "네!" 아이의 대답이 우렁차다. 못내 미안한 마음도 있을 것이다. 지난달보다 2센티미터나 더 크고 힘도 분명 더 세졌는데 고작 상자 하나 운반하지 못하는 자신에게 화도 났을지 모른다. 아이가 상자를 들어 남자의 가슴팍에 얹기 시작한다. 목구멍으로 침이 넘어간다. 무사해야 한다. 이 이야기의 끝은 해피엔딩이어야 한다. 침을 삼키며 속으로 주문한다.

　"맨 위의 상자는 네가 들어줄래?" 남자가 상냥하게 말한다. 아이는 기쁜 마음으로 가장 작은 상자를 품에 안는다. "도와달라는 말은 대신 해달라는 말이 아니란다. 함께 해달라는 말이지." 저 말을 들으려고 나는 여기 그리 오랫동안 붙박여 있었던 모양이다. 대신보다 함께다. 대신 대신 함께다.

오늘 발견한 단어는 '발밤발밤'이다. 상자를 든 아이가 움직이는 모습을 보고 떠오른 단어다. 발밤발밤은 "한 걸음 한 걸음 천천히 걷는 모양"을 가리키는 부사다. 비슷한 뜻을 가진 단어 '발맘발맘'도 있다. 발밤발밤 움직이기 위해서는 무엇보다 여유가 필요하다. 바람을 일으키는 동작보다는 바람 쐬는 자세와 더 어울리고, 도착을 목적으로 하는 행동이라기보다는 움직임 그 자체에 집중하는 몸가짐에 더 가깝기 때문이다. '밤'이 두 번 들어가 있어서일까. 가로등을 벗 삼아 발밤발밤 산책을 나설 때 해묵은 감정이 사라지기도 한다. 그만큼 밤이 더 어두워졌을지도 모를 일이다.

시론

오늘은 세계 수달의 날이다. 매년 5월 마지막주 수요일이 세계 수달의 날이라고 한다. 트위터가 X가 되기 전, 이런 트윗을 본 적이 있다. "딱 봤을 때 똑소리 나게 생기면 수달이고 나한테 조개 뺏겨도 어어 할 것 같으면 해달." 그래서인지 나는 해달에게 마음이 더 쓰인다. 보노보노가 해달이다.

시를 맴도는 말들

#1

노파심의 색깔은 초록이다.

#2

"네 시는 감각적이야." 서슴없는 말 앞에서 나는 잠시 입을 다문다. 반론의 여지가 없어서? 아니다. 공격적인 단언이어서? 역시 아니다. 분명 칭찬일 텐데, 이때의 감각은 무엇일까 골몰하다가 저 말에 등장하는 '감각적'이라는 표현이 어떤 감각을 불러일으킨다는 생각이 들었다. 그 감각은 다분히 촉각적이었다. 오른쪽 손바닥으로 왼쪽 손등을 쓸어내리게 만들었다. 등골이 서늘해지고 머리끝이 쭈뼛 섰다. 머리끝이라고 쓰니 비로소 알겠다. 그렇다. 감각은 치밀어오르는 것이다.

시가 '감각'에 맞닿아 있다고 할 때, 그것은 일차적으로 자극에 민감하다는 뜻으로 해석된다. 그렇다면 '감각적인 감각'이라는 표현도 가능할까?

#3

감각적 感覺的

명사

1. 감각을 자극하는 것.

예) 감각적인 문체.

2. 감각이나 자극에 예민한 것.

예) 디자인은 감각적인 사람이 해야 한다.

관형사

1. 감각을 자극하는.

예) 감각적 소설.

2. 감각이나 자극에 예민한.

(출처: 표준국어대사전)

그런데 '감각적'이라는 말이 늘 긍정적으로만 사용될까? 그것은 세련되고 말끔한 무언가를 가리킬 때만 사용되는 것일까. 저 단어가 자극성이나 도발성을, 나아가 '생각 없음'이나 '사려 깊지 않음'을 내포하고 있지는 않을까. 누군가에게는 지극히 당연하게 수용되는 어떤 단어가, 또다른 누군가에게는 혼란과 공포를 야기할지도 모른다. 우리가 부지불식간에 맞닥뜨리는 온갖 감각들을 떠올려보라. 그때의 감각은 의도치 않게 열리는 것이다. 개중에는 기분 좋은 감각도 있지만 나를 당황시키거나 불쾌하게 만드는 것도 있다. 감각은 종종 우리의 소관이 아니다.

감각적인 감각, 감각을 자극하는 감각. 별수 없이 나는 감각으로 되돌아간다.

#4

감각은 우리가 흔히 이야기하는 오감五感과 맞닿아 있다. 보고 듣고 맡고 맛보고 만지는 데서 찾아오는 느낌. 찾아오는 데서 그치는 것이 아니다. 모종의 느낌이 감각으로 인식되기 위해서는 받아들이는 과정이 필요하다. 감각의 세계에 '그냥'은 없다. 감각은 주저하는 법이 없다. 받아들이는 데서 그치는 것도 아니다. 그것은 각자의 언어로 표현되어야 한다. 말이든, 글이든, 생각이든 그것을 나만의 어휘로 정리하는 과정이 필요하다. 언어화되지 않은 감각은 아직 반쯤은 눈을 감고 있는 셈이다.

알아차리기 위해 준비하는 것, 기민하게 알아차리는 것, 알아차린 것을 내 말로 붙잡아두는 것. 이것이 감각 작용이다. 감각은 흩뿌려져 있다가 어느 순간 발각된다. 발각된 것을 내 쪽으로 끌어당기기 위해서는 의지가 필요하다. 이것을 잊지 않겠다는 마음, 이 순간을 잃지 않겠다는 마음. '잊다'와 '잃다'가 흔히 '버리다'와 결합해 '잊어버리다'와 '잃어버리다'로 쓰이는 이유도 여기에 있지 않을까. 잊지 않고 잃지 않는 마음은, 실은 '버리지 않는' 마음이었던 것이다. 버리지 않는 사람만이 모은다. 모은 것을 가지고 유용하거나 무용한 일을 시작할 수 있다.

'잊다'의 첫번째 뜻은 "한번 알았던 것을 기억하지 못하거나 기억해내지 못하다"이고 '잊어버리다'의 첫번째 뜻은 "한

번 알았던 것을 모두 기억하지 못하거나 전혀 기억하여 내지 못하다"이다. '버리다'와 함께 쓰이며 "모두"와 "전혀"가 추가되었다. '잃다'의 첫번째 뜻은 "가졌던 물건이 자신도 모르게 없어져 그것을 갖지 아니하게 되다"이고 '잃어버리다'의 첫번째 뜻은 "가졌던 물건이 자신도 모르게 없어져 그것을 아주 갖지 아니하게 되다"이다. '버리다'가 결합해 본뜻에 "아주"가 보태어졌다. 모두, 전혀, 아주…… 자못 단정적으로 다가오는 이 부사들은, 일단 한 차례 놓치고 나면 그것을 다시 마주하기 힘듦을 단적으로 드러내준다. '그때 잡았어야 했는데……'라는 통속적인 후회는, 실은 매일 생겨나고 있을지도 모를 일이다.

지금이 아니면 다시 찾아오지 않는다는 점에서, 여기가 아니면 결코 안 된다는 점에서, 알아차림은 현현顯現하는 것이다. 명백하게 나타나지만, 그것을 담고 모으는 사람만이 감각을 완성할 수 있다. 명백하기에 곧잘 지나치곤 한다. 언제고 또 나타날 것을 믿어 의심치 않기에 심상하게 흘려보내는 경우도 많다. 잊어버리거나 잃어버리기 전에 알아차리는 사람, 마음에서 의지를 끌어내는 사람만이 현현의 명백함을 간직할 수 있다.

요컨대 알아차린다는 것은 낚아채는 것이다. 모종의 낌새를, 펼쳐진 장면과 다가올 장면을, 그리고 그것들을 통과하며 변화하는 내 심신을.

#5

기억은 흐릿해진다. 망각이 흐르는 물이라면, 기억은 물줄기 사이사이에 있는 바위와도 같다. 물을 일시적으로 붙들거나 다른 쪽으로 꺾이게 만든다. 큰 바위, 작은 바위, 둥그런 바위, 울퉁불퉁한 바위, 제 몸의 어떤 부위를 잃은 바위, 비바람에 이곳저곳이 마모된 바위, 서 있는 곳에서 벗어나지 않기 위해 안간힘을 쓰는 바위…… 사연과 생김새는 제각각이어도 물은 공평하다. 스치든 부딪든 파고들든, 어떻게든 이들과 마찰한다. 그러므로 물과 바위는 실시간으로 변화하는 셈이다. 물이 꺾일 때 바위는 깎인다.

흐르는 물 사이사이에 바위를 놓는 일은 기억을 잠시 붙드는 일이다. 완벽하게 붙잡아둘 수는 없으나 붙들림의 반동으로 방향이 살짝 꺾인다. 그 순간이 일상의 요철이다. 요철凹凸, 오목함과 볼록함, 움푹 들어갔다가 불쑥 솟아나는 것, 스펀지처럼 웅크렸다가 뿌리에서부터 기지개를 켜는 것, 기억이 사라질 시간을 당분간 유예시키는 것. 무엇을 하든지 안 하든지 아랑곳하지 않고 물은 흐른다. 저 멀리서도 바로 옆에서도. 그 물을 망연하게 보는 것도, 허망하게 흘러가버리지 않게 바위를 괴는 것도 우리 몫이다. 그렇다. 기억은 몫이다. 몫을 챙기기 위해서가 아니라 몫을 다하기 위해, 나는 기꺼이 바위를 든다. 운반한다. 놓는다. 존재를 존재하게 하기, 그것을 한다. 내 몫을 다하고자 한다.

잃지 않기 위해, 마침내 잊지 않기 위해 나는 기록한다. 물속으로 던지는 조약돌처럼, 그 조약돌이 일으키는 작지만 분명한 파문처럼. 속이 겉에 영향을 미치고 있을 때, 돌에 새겨지고 있을 물줄기의 말을 생각한다. 제 몫으로, 제 목소리로 있는 말. 휩쓸리거나 떠내려가지 않고 자꾸 맴도는 말. 맴돌면서 나를 부단히 감각하게 하는 말.

#6

'몫일'이라는 단어가 있다. "꼭 하여야 할 일이나 임무"를 뜻하는데, 나에게는 그것이 기억이었다.

'일몫'이라는 단어도 있다. "일정한 차례나 기준에 따라 배당되는 일의 분량"을 의미하는데, 나에게는 그것이 기록이었다.

#7

어떤 식으로든 기록해야 한다. 거기에 꼭 들어맞는 표현을 찾는 데는 몇 날 며칠, 아니 수개월이 걸리기도 한다. 걸맞은 표현을 찾지 못해 몇 년째 방치되어 있는 장면도 수두룩하다. 쌩쌩한 것을 보고 생생하다고 할 때의 미진함처럼, 불편하다고 말하기에는 부족하고 아프다고 말하기에는 면구스러우며 괴롭다고 말하기에는 넘치는 순간처럼.

#8

문득 옷가게에서 몸에 맞지 않은 옷을 입었을 때가 떠오른다. "조금 작은데요, 한 치수 큰 게 있을까요?" 점원은 친절하게 한 치수 큰 옷을 건넨다. 자신만만하게 다시 걸어들어갔는데, 이번에는 옷이 크다. '이게 한 치수 차이라고?' 나는 100과 105 사이에서, L과 XL 사이에서, 빨강과 주황 사이에서 오락가락하는 기분이 든다. 두 옷을 사이에 두고 몸은 부족하다. 넘친다. 한 치수로는 부족하고 다른 한 치수로는 넘친다.

피팅룸 fitting room 안에서 꼭 맞는 fit 것은 거울뿐이다. 비추면서 스스로를 증명하는 존재, 그 앞에서 나는 비치면서 반대로 뭔가가 지워지고 있다고 느낀다. 방금 전까지만 해도 또렷했던 어떤 감각이.

#9

기분이 상할 수는 있지만 감각은 상하지 않는다. 기운을 차릴 수는 있지만 감각을 차릴 수는 없다. 분위기를 바꾸는 일은 짧은 시간 안에 가능하지만 감각을 바꾸는 데는 오랜 시간이 걸린다. 오랜 시간이 지나도 바뀌지 않을 공산이 크다. 감각이 관성을 거스르기 위해서는 앞선 감각 작용 과정―알아차리기에서 붙잡아두기까지―을 다시 거쳐야 하기 때문이다. 살면서 세워왔던 도미노를 큰맘 먹고 무너뜨려야 한다. 억장이 무너지지는 않더라도 어느 순간 어깃장을 놓고 싶은 마음에 주저할지도 모른다.

그렇게 쓰러진 도미노들은 저 스스로 일어나지 못한다. 다름 아닌 내가 다시 세워야 한다. 한국말을 처음 배우는 사람처럼, 형용사와 명사를 결합시키고 그 뒤에 동사를 붙여 문장을 완성하는 사람처럼.

감각은 상하지 않는다. 감각을 차릴 수도 없다. 감각을 바꾸는 일에는 오랜 시간과 노력이 필요하다. 그러나, 아니 그러므로 감각은 고양될 수 있다. 고양되어야만 한다.

#10

노파심의 색깔은 초록이다. 노파는 늙은 여자를 뜻하지만, 노파심은 결코 늙지 않는다. 남의 일을 걱정하고 염려하는 품성은 쉽사리 사그라지지 않기 때문이다. 일상에 나타난 존재를 애틋하게 바라보는 시선 또한 여간해서는 빛을 잃지 않는다. 인생에 들이치는 물을 순순히 흘려보내지 않겠다는 다짐은 가벼이 꺾이지 않는다. 밝은 노랑과 선명한 파랑의 우연한 만남처럼, 노랑과 파랑이 빚어낸 단단한 마음처럼, 노파심은 짙어지기만 한다.

흐르는 물살을 헤집고 바위가 새싹처럼 돋아난다. 노파심이 개입할 차례다. 만나는 것은 우연이지만, 그 만남을 기억하는 것은 필연이다. 우연으로 가득한 모래밭에서 필연의 조약돌을 줍기 위해 쓴다. 해변에 수놓이는 무의미한 발자국들을 보라.

보는 사람은 쓰는 사람이다. 쓸 준비를 하는 사람이다. 눈으로 감각한 것을 적확한 단어로 공글리는 사람이다.

#11

그리고 육감六感. 흔히 여섯번째 감각the sixth sense으로 잘 알려진 이것은 직감과 가깝다. 설명이나 증명 없이 곧바로 느껴 알 수 있다는 점에서 그렇다. 이 앎은 판단일 수도, 공감일 수도, 깨달음일 수도 있다. 도무지 알 수 없었던/없는 것을 깨우치는 심리 작용이지만, 몸이 반응한다는 점에서 육감肉感과도 연결된다. 오감 작용에 있어서는 선후先後가 분명하지만, 육감은 심신이 함께 움직인다.

그때만큼은 몸의 지도와 마음의 지도가 동시에 그려진다. 그 지도에는 섬이 많다. 열도列島도 있고 군도群島도 있다. 홀로 방치된 고도孤島는 없다.

#12

개중 하나의 섬에 갔다. 해안가에 아이들이 모여 있었다.

아이들은 시시각각 느낀다. 장소에 구애받지도 않는다. 시공간의 제약은 아이들에게 그저 성가신 어떤 것이다. 눈을 뜨면 아침, 눈을 감으면 밤이다. 그들에게 세상은 거대한 스케치북 같다. 내가 움직이는 대로 그림이 완성될 것 같다. 생각과는 다르게 선이 삐뚤빼뚤 그려져도 아직은 두렵지 않다. 공터에 있어도 거리낌 없이 놀 수 있는 이유다. 걷는 것도 뛰는 것도 누군가와 손을 맞잡는 것도 놀이니까. 놀이는 언제든 시작될 수 있지만, 끝나지 않고 잠시 중단될 뿐이다. 아이들은 매일 새 몸으로, 새 마음으로 체득한다.

느낀 것을 표현하는 데도 적극적이다. 그러나 그들에게는 낱말 수가 부족하다. 말하고 싶은 것은 엄청 많은데, 그것을 더 잘 말하고 싶은데, 말하면서도 뭔가 결여되었다는 사실을 똑똑히 직감하는데, 아직 그것을 표현할 단어를 만나지 못한 것이다. 좋은데, 완벽하게 좋지는 않았던 날이 아이에게 있었다. 그러나 단순히 조금 좋다거나 안 좋았다고 말할 수는 없었다. 석연찮음 때문에 다 말하고 나서도 풀죽은 표정으로 돌아서던 아이가 있었다. 아이는 자신의 뒷모습이 궁금했다. 그림자가 말줄임표처럼 길어지고 있었다. 다음날까지. 정말이다, 다음날까지 다다음날까지.

이것이 어쩌면 내가 시를 쓰게 된 이유일 것이다. 잘 말하고 싶어서, 제대로 말하고 싶어서, 내 방식대로 생각과 감정을 고스란히 전달하고 싶어서.

#13

정확히 말한다는 것은 단순히 용언用言을 잘 구사하는 데서 나오지 않는다. 상황을 자세하게 기술한다고 해서 현장의 모든 것을 담을 수는 없다. 말해지지 않은 사연, 표현되지 못한 감정이 있다. 어쩌면 이 '않고 못한' 것이 진짜 하고 싶었던 말일지 모른다. 진짜 했어야 할 말, 무無로써 현장을 장악하고 압도하는 말.

#14

곤혹과 곤욕과 곤경, 나를 둘러싼 세 가지 곤困이다. 곤혹을 느끼고 곤욕을 치르고 곤경에 처하는 일, 이 일에 있어서 만큼은 백짓장과 모래사장의 사정이 다르지 않다. '않고 못한' 것들 사이에서 나는 늘 곤란하다.

#15

노파심의 색깔은 초록이다. '필요 이상으로 남의 일을 걱정하고 염려하는 마음'은 계절이 바뀌어도 결코 시들지 않는다. 노랑은 노랑대로, 파랑은 파랑대로 초록 안에 머문다. 어떻게 섞이든 초록이다. 노파심은 상록수로 태어나 상록수로 늙는다.

#16

"요즘, 시가 좋아진 것 같더라?"라는 말을 들었다. 그 말을 곧이곧대로 듣던 시기는 지났다. 요즘이라는 말의 끝은 으레 예전을 가리키고 있다. 예전과 달라졌다, 그 사실만 받아들이면 된다. 요즘 다음에 찍힌 쉼표에 기대 잠시 숨을 골라도 좋을 것이다.

#17

　BTS의 노래 〈작은 것들을 위한 시〉에는 "사소한 게 사소하지 않게 만들어버린 너라는 별"이라는 구절이 있다. 시는 사소한 것을 사소하지 않은 것처럼, 사소하지 않은 것을 사소한 것처럼 말한다. 어떤 식으로든 "사소한 것은 없다"라는 명제를 증명한다.

　작은 것, 자디잔 것, 보잘것없는 것, 한 '개'로 칭하기보다 한 '톨'로 표현하는 것이 어울리는 것에 마음을 빼앗기면서 우리의 사랑은 시작된다. 사소한 것이, 사소하기 이를 데 없는 것이 눈과 귀를 쏠리게 하고 발목을 잡는다. 그러나 발견은 지연되고 표현은 유예된다. 눈과 귀와 발목이 묶인 이상, 쓰는 사람은 사소해지지 않을 방도가 없다. 별은 멀다. 별 앞에서는, 별 위에서는 별은커녕 별것이 되기도 힘들다.

#18

시는 큰 것을 말할 때조차 낮은 자세에서 그것을 바라본다. 사소한 물건처럼, 사소한 실수처럼 웅크리고 있어야 한다. 사소한 문제가 발생할 때까지. 뭔가가 마침내 치밀어오를 때까지.

#19

노파심의 색깔은 초록이다. 시시로 고개를 드는 노파심 앞에서 '상록수 고목枯木'이라는 말은 상상만으로도 섬뜩하다. 죽어서도 긱징하고 염려할 게 남은 사람은 흙 밑에서 안간힘으로 새로운 싹을 밀어올릴 것이다. 돋고 피고 자라며 숲은 기억과 기록으로 울창해질 것이다. 어디선가 낮게 물소리가 들린다. 감각적인 감각, 그것이 방금 현현했다.

#20

어떤 문장은 여기서 시작된다. 또 어떤 문장은 여기서 멈춘다. '여기'임을 간파하는 감각이 쓰는 사람을 이동하게 하는 힘이다. 그래서 나는 늘 여기에 있으면서도 거기를 떠올린다. 살 만해진다기보다는 쓸 만해진다는 느낌이다. 거기를 상상하면서도 여기에 발 딛고 있음을 느낀다. 상상이 요원할수록 실감은 생생하다. 어떤 문장을 위해 시작하고 멈추는 일, 나는 그 일을 한다. 물이 든 잔을 엎지른 아이처럼, 맨 앞에 놓인 도미노를 눈을 질끈 감고 밀어버린 어른처럼.

완성된 문장 바깥에서 어슬렁거리는 감각이 있다.

오.발.단 : 겉볼안

오늘 발견한 단어는 '겉볼안'이다. 언뜻 줄임말 같지만, 사전에 등재된 단어로 "겉을 보면 속은 안 보아도 짐작할 수 있다는 말"이다. "딱 보니 알겠다"라는 말을 명사형으로 만든 느낌이다. '겉으로 보이는 안'을 지칭하는 듯도 하고, '겉'을 보니 '안까지 '볼' 수 있다는 데서 유래한 것도 같다. 겉과 속이 일치하는 사람이 드문 시대, 겉볼안의 효용이나 효능이 의심되기도 하지만 여전히 우리는 첫인상만으로 만나는 이를 속단하곤 한다. 시 쓰기는 겉을 열어 속을 파고드는 일일 것이다. 알 것 같아도, 아는 게 분명해도 두 눈 부릅뜨고 다시 보는 일일

것이다. 겉볼안의 간편함에서 벗어나면 만남의 순간은
절대 사소해지지 않는다.

5
월
30
일

적바림

한 아이가 "일주일은 며칠?"이라는 질문에 "칠 일!"이라고 답했다. "그럼 한 달은?"이라는 질문이 뒤이어 나왔다. 아이는 쭈뼛거리다가 이렇게 답한다. "얼추 삼십 일?" 질문을 던진 어른이 슬며시 웃는다. 그날이 바로 30일이었다.

지읒에서 히읗까지

지읒의 힘

'자'는 으름장을 닮았다. 가자고, 하자고, 보자고 재촉한다. '자'를 많이 쓰는 사람은 '주목받는' 리더인 경우가 많은데, 그 뒤에서 묵묵히 '자'로 길이를 재는 사람들의 노고를 잊어서는 안 될 것이다. 한편, 길이의 단위인 '자'는 한 치의 열 배로 약 30.3센티미터에 해당한다. 한 치 앞도 못 보는 사람이 한 자 앞은 잘 본다면 그는 원시遠視일 확률이 높다.

'작다'는 '종종' 귀엽다고 평가받지만, '적다'는 '자주' 부족하다고 여겨진다. '작작하다'가 함부로와 가깝다면 '적적하다'는 흔히 혼자와 쓰인다. '좋아서' '좋아하게' 된 사람보다 '좋아해서' '좋아진' 사람이 '장기적'으로는 더 '좋다'. 앞으로도 '장장' 발견할 게 더 많다는 점에서 그렇다.

'잠'은 '졸리다'로부터 시작되고 찌개는 '졸이다'로 완성된다. 잠이든 찌개든 '졸다'를 만나면 제 의지와 상관없이 기를 펴지 못한다. '줌'은 흙을 쥐는 손과 어울리는 말이지만, 그 흙을 확대하거나 축소해서 볼 때도 '줌zoom'이 필요하다. '짐'이 되고 싶지 않은 사람은 스스로 '짐'을 '지려는' 사람인 경우가 많다. 짐을 진 사람이 그 짐을 풀 수도, 다시 쌀 수도, 마침내 벗을 수도 있을 것이다.

'주룩주룩'이 비와 '주름'과 친하다면, '졸랑졸랑'은 물과 꼬리와 친하다. '주름'을 펴는 데 여념 없는 사람도 있지만, 여전히 '주름잡는' 데 '집착하는' 사람도 있다. "일이나 물건에 문제가 생기게 만들어 그르치는 일"을 가리켜 '저지레'라고 하는데, 이는 '자동적'으로 '저지르다'를 떠올리게 한다.

'지갑'은 '제값' 앞에서 누추해지고 '작가'는 '작품' 앞에서 겸허해진다. '재능'이 타고나는 것이라면 '재간'은 그것이 피어나는 것을 일컫는다. 재간이 주로 "없다"와 사용되는 것은 슬픈 일이다. 한편 '죽음' 앞에서는 아무리 긴 시간도 '조금'처럼 느껴질 것이다. '주마등'이 '전광석화'와 연결되는 것도 이 때문이다. '잘' 살았느냐는 '질문'에 '즉시' 답할 수 있는 사람은 많지 않다. '죽는' 날까지 삶의 어떤 부분은 '절대' 익숙해지지 않기 때문이다. 누구에게나 '지금'은 노상 처음이다.

쌍지읒의 힘

'짜다'는 동사로 사용될 때 저돌적이다. 가구나 스웨터, 시간표를 짜는 것은 물론, 빨래나 여드름을 짜는 데도 거침없다. 해결책이나 신제품 아이디어처럼, 쥐어짜야 겨우 나오는 것도 있다. '짜다'에는 인과가 중요한 셈이다. 그러나 형용사 '짜다'를 이기기는 어려울 것이다. '짜다'가 갖는 소금기 때문이 아니다. 자신이 차지한 자리를 내놓지 않으려는 인색함 때문이다.

'쫓다'의 집요함은 따를 때보다 물리칠 때 더 강력하다. '쭈뼛거리다'의 상태는 으레 '쭈그리다'의 동작으로 연결된다. '쩨쩨한' 사람이나 '쪼잔한' 사람보다는 '쩔쩔매는' 사람이 훨씬 낫다. 쩔쩔매는 사람은 '찔끔' 기어드는 사람이고, 그런 사람은 보통 '쪼그만' 것에도 '찌릿하기' 때문이다. '짜

릿함'이 떨림이라면 '찌릿함'은 저림이다.

치웃의 힘

'차'는 오감으로써 오감을 충족한다. 차車가 올 때는 비켜서야 하지만, 차茶를 알려면 다가가야 한다. 데우고 끓이고 붓고 우리고 기다리고…… 마시기 전에 '차차次次'라는 말이 갖는 '차분함'을 심신에 새기게 된다.

'창'이라는 말을 듣자마자 열려는 사람이 있다. 그것을 닫으려는 사람, 부르려는 사람, 그것으로 찌르려는 사람도 있다. 그때마다 '낭창낭창' 흔들리는 것이 '촉'이다. 촉을 잘 쓰는 사람은 뾰족한 사람이다. '책'을 쓰고 난을 치고 빛을 비추는 '촉매'다. '춤'이 '추다'를 만나 붉고 뜨겁고 흐리멍덩해질 때, '청년'을 만난 '창창하다'는 푸르고 차갑고 또랑또랑해진다.

'춥다'는 발음할 때부터 춥다. '축축하다'는 떠올릴 때부터 젖기 시작한다. '차갑다'는 말하기도 전에 성에가 낀다. '차렷'은 듣자마자 얼어붙는 단어다. '찰떡'은 입을 벌릴 때부터 끈기가 생긴다. '철딱서니'는 늘 없어서 딱하다.

'착하다'와 '척하다'는 등을 돌리고 있다. "착한 척하다"는 그 등을 어떻게든 맞대게 하겠다는 노력이다. '취할' 때 사람은 '추해진다'. 술에 취할 때가 아니다. 자기 자신에 취할 때다.

삶은 '촉촉함'에서 '칙칙함'으로, '촘촘함'에서 '침침함'으로 가는 여정인지도 모른다. '출출함'이 그 여정의 든든한(?) 동반자다.

키읔의 힘

'카'는 곤하게 잘 때 내는 소리다. 술을 마시고 기분 좋게 내는 소리이기도 하다. 술을 마시고 곤하게 잘 때는 어떤 소리가 나겠는가. 정작 당사자는 모른다는 게 함정이다.

'콩켸팥켸'라는 말이 있다. "사물이 뒤섞여서 뒤죽박죽된 것을 이르는 말"이다. 시루에 떡을 찔 때 어디까지가 '콩'의 '켜'이고 어디까지가 팥의 켜인지 구분할 수 없다는 데서 유래한 말이라고 한다. 발음할 때부터 콩 볶듯 요란해지는 단어다.

'크기'를 표현하는 형용사는 그 크기를 가늠하기 어렵다. '크다'를 배우고 얼마 지나지 않아 '크나크다'를 알게 되었다. '큼지막하다' '커다랗다' '크디크다' 사이를 누비다보니 그 '큼직함'이 대번에 끔찍함이 되었다.

티읕의 힘

'다'를 말하는 사람은 이미 앉아 있는 사람이다. 유리창을 내릴 수 있는 사람이다. '타'의 모범이 되기란 여러모로 쉽지 않다.

'토라짐'과 먼 단어 중 하나는 '태연함'일 것이다. 토라진 사람이 뒤틀림에 시달릴 때 태연한 사람은 앞가림에 한창이다. '투명한' 사람은 '티'가 난다. '티 없음'의 티다.

'탈탈'은 '터는' 일에 진심이고 '털털'은 소탈함을 지향한다. '툴툴' 혼자 '투덜거린다'. '툭툭' 쏘아붙이는 말, '퉁퉁' 부은 눈, '턱턱' 막히는 숨, '텅텅' 울리는 굉음, '텁텁해지는' 공기…… '타오르는' 상황에서 티읕은 꼭 두 번 '튀어나온다'. '툭하면' 울지만 '툭툭하면' '투박해진다'는 듯이.

피읖의 힘

'파'에는 열두 개의 뜻이 있지만, 그중 으뜸은 먹는 파다. 추위에도 더위에도 강해서일까. 검은 머리가 '파뿌리'가 될 때까지, 파는 자신의 일을 '파罷할' 생각이 없어 보인다. 소신파, 학구파 등 "어떤 생각이나 행동의 특성을 가진 사람'의 뜻을 더하는 접미사"로 '파派'가 쓰이기도 하는데, 그런 의미에서 보자면 나는 '파파'다.

'팽이'는 제자리에서 '팽그르르' 돌고 '팡이'는 '팡파짐하게' 제 영역을 넓힌다. 팽이의 삶이 한 우물만 파는 삶이라면, 팡이의 삶은 우물을 바다로 만드는 삶이다. '곰팡이' '놈팡이' 등 팡이가 '푸대접'을 받을 때마다 '펑' 하고 나타난 '페니실린'은 '지팡이'가 되어준다.

세르반테스가 '풍차'를 빗대어 '풍자'할 때, '팔방'에서 '팡

파르'가 울려'퍼진다'. 춤 없는 '펑크funk'이자 구멍 없는 '펑크puncture'다.

　'피'가 뜨거울 때를 '피해야' 한다. '피로'는 피로도 회복되지 않는다.

히읗의 힘

　'하'는 늘 아래ㅑ 있는 것 같지만, 기쁘거나 슬플 때, 화가 나거나 걱정되거나 안타까울 때 가장 먼저 튀어나오는 소리이기도 하다. '아'가 사람들의 주의를 끈다면 '히'는 내게로 주의를 돌린다. 주의가 산만해질 때 그것을 붙잡아주는 단어는 '아하'다. 일상의 크고 작은 깨달음이 삶을 지탱한다는 것을 보여주듯이 말이다.

　'흠씬' 앞에서 '흠칫'은 몸을 움츠린다. '흠뻑' 젖은 사람 앞에서는 '흠흠' 콧숨을 들이쉬게 된다. '훅훅'의 다급함이 '홋홋'의 나른함으로, 그것이 다시 '홀홀'의 가뿐함으로 이어질 때 '훈훈함'이 '한가득' 느껴진다.

'흥'은 마음을 들뜨게 한다. 그러기 위해서는 흥을 일으킬 최소한의 '흥미興味'가 필요하다. 맛을 붙이고 들여야만 '향유'할 수 있기 때문이다. '흥미롭다'를 '흥겹다'의 차원으로 견인하는 것은 '흥미진진함'이다. 흥을 돋우면 '힘'이 되지만 흥을 깨면 '한'이 된다. 『흥부전』은 흥부興夫가 '흥부興富'가 되는 이야기다.

봄이 '해맑아지는' 계절이라면 여름은 '흐드러지는' 계절이다. 가을이 '흐무러지는' 계절이라면 겨울은 '허물어지는' 계절이다. '넘쳐흐르는' 게 기백이라면 '흘러넘치는' 것은 기운이다. 넘칠락 말락, 흐를락 말락 하는 것, '희망'이다.

'하염없음'과 '하릴없음'은 없을 때만 발화하는 단어다. 없음을 '후회'하는 것은 '한탄'이다. 없음을 다시 있게 하는 것, '함께'다.

오늘 발견한 단어는 '햇덧'이다. 햇덧은 "해가 지는 짧은 동안" 혹은 "일하는 데에 해가 주는 혜택"을 뜻하는 단어다. 햇덧에 마음이 조급해질 때가 있었다. 해가 지고 나면 하루도 저문다고 생각했을 때였다. 밤과 친해지면서 더이상 햇덧에 매달리지 않게 되었으나 글쓰는 사람으로서 여전히 햇덧을 보고 있다. 글이 안 풀리면 밖에 나가 햇덧에 의지해 걷곤 하는 것이다. 그럴 때 햇덧은 꼭 덧신 같다. 햇덧 아래서 걷다보면 어느덧 다시 쓰고 있는 나를 발견한다. 햇덧은 덧나지 않는다. 해가 가도 해는 뜨니까.

5

월

31

일

시

예전에는 바다 하면 '가다'가 떠올랐는데 이제는 '보다'를 먼저 생각한다. 바닷가에서 바닷속을 상상하며 바다를 바라보는 일이 좋다. 물은 사방으로 튕겨나가면서도 결단코 제 방향만은 잃지 않는다. 물의 처음을 생각한다. 처음으로 되돌아올 때까지 한결같이 흘러 맨 처음이, 난생처음이 되는 물을. 물은 순환하고, 첫 문장은 돌아오지 않는다.

바다 쓰기

바다를 쓸 수 있을까

턱없지
눈을 질끈 감는다

넓고 크고 깊고 짠 물

제아무리 튼튼한 배를 타도
암초에 부딪힐 것이다

갑판에 서서 하릴없이 휘청일 때

빙산처럼 떠올랐던 문장이

물거품이 되어버릴 것이다

바다를 받아쓸 수 있을까
그대로
곧이곧대로

어림없지

곧바로
넓고 크고 깊고 짠 상념이
썰물처럼 빠져나간다

소금기와 숨은열熱까지
머릿속 염전에서 말라붙는다

쓴 것에서는 턱없이 쓴맛이 난다

묵묵부답으로
난바다가 되어가는 바다

오늘 발견한 단어는 '잠비'다. 잠비란 "여름에 일을 쉬고 낮잠을 잘 수 있게 하는 비라는 뜻으로, 여름비를 이르는 말"이다. 여름일을 하던 도중 소나기가 내려 잠을 청하는 사람을 떠올린다. 단잠이고 꿀잠일 것이다. 그때 내리는 비가 단비고 잠비일 것이다. 봄비가 가고 잠비가 온다. 5월이 가고 6월이 온다. 봄이 가고 여름이 온다. 시절이 가고 시절이 온다. 시의적절하다.

초록을 입고

ⓒ 오은 2024

초판 1쇄 인쇄 2024년 4월 20일
초판 1쇄 발행 2024년 5월 1일

지은이 오은
펴낸이 김민정
책임편집 김동휘 **편집** 유성원 권현승
표지디자인 한혜진 **본문디자인** 최미영
저작권 박지영 형소진 최은진 서연주 오서영
마케팅 정민호 박치우 한민아 이민경 박진희 정유선 황승현
브랜딩 함유지 함근아 고보미 박민재 김희숙 박다솔 조다현 정승민 배진성
제작 강신은 김동욱 이순호
제작처 영신사

펴낸곳 (주)난다
출판등록 2016년 8월 25일 제406-2016-000108호
주소 10881 경기도 파주시 회동길 210
전자우편 nandatoogo@gmail.com **페이스북** @nandaisart **인스타그램** @nandaisart
문의전화 031-955-8875(편집) 031-955-2689(마케팅) 031-955-8855(팩스)

ISBN 979-11-91859-91-1 03810